Josef Carl Grund

Unsterblicher Rübezahl

Das Buch für die ganze Familie

Josef Carl Grund

Unsterblicher Rübezahl

Das Buch für die ganze Familie

Illustrationen von
Paul Günther

Helmut Preußler Verlag
Nürnberg

Druck: Preußler Druck und Versand GmbH
Illustrationen: Paul Günther
Umschlaggestaltung: Verlag
ISBN-Nr. 3-925362-92-4

Inhalt

Dieses Buch

ist für die ganze Familie gedacht:
für Eltern, Kinder, Groß- und Urgroßeltern
zum Lesen, Vorlesen und Anschauen.
Nicht alles für jeden, aber für jeden etwas.

Was heute
als Serienheld, Supermann, Magier,
Monster, Außerirdischer
oder sonstwas herumgeistert,
ist Rübezahl schon lange und besser.

Also dann:

Wer kennt Rübezahl?

Hohenelbe (tschechisch Vrchlabí) im Sommer 1996.

Das ehemalige Bergstädtchen ist heute noch einen Besuch wert, auch wenn ihm der Fremdenverkehr manches von der einstigen Idylle genommen hat. Es ist eines der südlichen Tore ins Riesengebirge, ein Zugang zu Rübezahls Reich.

Ich fragte ein Ehepaar, das aus dem kleinen Riesengebirgsmuseum kam: „Kennen Sie Rübezahl?"

Der Herr lachte. „Persönlich nicht."

„Wir haben von ihm gehört und gelesen", sagte seine Frau und trällerte einige Takte aus dem Lied, das Othmar Fiebiger 1910 gedichtet und Vinzenz Hampel vertont hat:

„Wo der Rübezahl mit seinen Zwergen
heut' noch Sagen und Märchen spinnt.
Riesengebirge, deutsches Gebirge..."

Zwei Frauen, die sich tschechisch unterhalten hatten, schauten herüber und schüttelten die Köpfe.

Der Ehemann unterbrach seine Frau: „Schon gut, Susanne, schon gut!"

„Der Aussprache nach sind Sie nicht von hier", sagte ich.

„Nee", antwortete die Frau. „Wir kommen aus Dresden und machen da Urlaub. Wir sind zufrieden. Die Tschechen verstehen Deutsch, das Essen ist in Ordnung, nur unser Zimmer..."

Wieder unterbrach sie der Ehemann. „Schon gut, Susanne, schon gut." Und zu mir sagte er: „Entschuldigen Sie, wir haben noch eine Verabredung."

„Mit wem denn?" fragte die Frau verwundert.

„Mit Schulzens", sagte der Ehemann und trat der Gattin auf den Fuß.

„Also bitte!" empörte sich die Dame. „Leider bin auch ich in Eile", schwindelte ich, wünschte einen guten Tag und ging.

Kurz darauf begegnete ich drei Mädchen von schätzungsweise fünfzehn, sechzehn Jahren. Sie redeten tschechisch miteinander. Ich fragte sie in ihrer Sprache, ob sie Krakonoš (den Rübezahl) kennen.

Sie sahen einander an, zuckten die Achseln und eine antwortete: „Neznáme" (Kennen wir nicht).

„Neznáme" und „Kennen wir nicht" hörte ich noch oft. Auch Polen, die ich hier traf, und sogar junge Touristen aus Deutschland schüttelten die Köpfe.

In Spindlermühle (tschechisch Špindlerův Mlýn) besuchte ich eine alte deutsche Einheimische, die nach dem Ende des letzten Krieges nicht vertrieben worden war. Sie freute sich, mit jemandem reden zu dürfen, der sich für „den guten, bösen, alten Rübezahl" interessierte, und erzählte mir Geschichten von ihm, die mir neu waren. Und sie sagte mir, daß „der Krakonosch" in Andenkenbuden als kleine Holzfigur an Touristen verkauft werde, „so als eine Art Gartenzwerg, nur noch kleiner."

Als ich mich verabschiedete, sagte sie: „Im Jahr zweitausend wird er sich da oben wieder umsehen und mit einem Donnerwetter dreinfahren."

*

Ich genoß es, Rübezahls Heimat nach langer Zeit wieder durchstreifen zu dürfen.

Für Nicht-Eingeweihte: Sie liegt da, wo die Länder Böhmen (das heute zu Tschechien gehört) und Schlesien (jetzt polnisch) aneinandergrenzen. Die tschechisch-polnische Grenze verläuft auf dem Riesengebirgskamm. Wie Hohenelbe auf der böhmischen Seite ist die Stadt Hirschberg (polnisch Jelenia Góra) von Schlesien aus ein wichtiges Tor zu Rübezahls Reich.

*

Der Mythos des Berggeistes hat mich von Jugend an fasziniert. Ich studierte uralte und alte Überlieferungen, sammelte neuere (auch mündliche) Erzählungen, gewann neue Erkenntnisse dazu und fasse sie in diesem Buch zusammen.

Meine Hauptinformanten sind der Leipziger Magister Johannes Praetorius, der von 1630 bis 1680 lebte und eigentlich Johann Schultze hieß, und der Dichter Johann Karl August Musäus (*1735, †1787).

Praetorius sammelte Gespenster- und Zaubergeschichten aus dem Riesengebirge und veröffentlichte sie unter den Buchtiteln „Daemonologia Rubenzalii Silesii“ und „Der Reformierende und Informierende Rübezahl“. Diese Bände wurden später in einem Buch zusammengefaßt. Dessen zweite Auflage trägt den Bandwurmtitel: „Der von neuem wegen seiner kurzweiligen Possen aufgelegte Schlesische Rübezahl oder das Chosenhafftige und Weltverschriehene Gespenste, welches sich auf den Gebürgen zwischen Schlesien und Böhmen in possierlicher und mannigfaltiger Gestalt etc.etc. zu erkennen gibt. Andere vermehrte Auflage. Breßlau und Leipzig 1728.“

Musäus wurde durch seine Sammlung „Volksmärchen der Deutschen“ bekannt. In seinen „Legenden vom Rübezahl“ bezieht er sich oft auf Praetorius, greift aber auch auf antike Mythen zurück.

Ich danke den vielen (meist älteren) Frauen und Männern aus dem Riesengebirge, die mir dort, in Deutschland und Österreich von Rübezahl erzählten. Ich hörte bekannte und mir noch unbekannte Geschichten in verschiedenen Variationen. Auch sie prägten mein Rübezahlbild.

Zwei Anekdoten zuletzt:

Nach einer Historikertagung in Wien sprach mich Herr Rudolf K. an. Er stellte sich als Höhlenforscher vor und schwärmte von den altsteinzeitlichen Deckenmalereien in der nordspanischen Altamira-Höhle. Irgendwie kamen wir auch auf Rübezahl zu sprechen, und Herr K. sagte: „Was spricht dagegen, daß Rübezahl in einer Steinzeithöhle geboren wurde?"

„Wie bitte?" fragte ich.

„Kennen Sie das Riesengebirge?" fragte er dagegen.

Ich nickte. „Aber ja."

„Ich stamme aus Reichenberg", sagte er. „Seit dreißig Jahren wohne ich in Wien."

Was er von Rübezahl angedeutet hatte, interessierte mich. Wir setzten uns in einem Café zusammen. Dort erläuterte er mir seine Rübezahltheorie. Er sprach ernsthaft. Nur bei genauem Hinsehen sah ich das leichte Glitzern in seinen Augen. Was er sagte, hörte sich märchenhaft, aber gut an.

„In griechischen, römischen und anderen antiken Sagen werden Bilder und Marmorstatuen zum Leben erweckt", begann er. „Denken Sie zum Beispiel an den sagenhaften griechischen Bildhauer Pygmalion, der sich in eine Frauengestalt verliebte, die er aus Marmor gemeißelt hatte."

„Ich kenne die Sage", warf ich ein. „Auf Pygmalions Flehen erweckte die Göttin Aphrodite die Statue zum Leben."

„Warum soll Ähnliches nicht auf Rübezahl zutreffen?" meinte Herr K.

Ich widersprach ihm nicht, und er fuhr fort: „Höhlen gibt es im Riesengebirge genug, und Steinzeitmenschen konnten dort genauso leben wie anderswo. In einer solchen Höhle könnte ein steinzeitlicher Zauberer gehaust haben; ein Greis, der sein Ende nahen fühlte. Da malte er das Bild eines Riesen an die Höhlenwand und hauchte ihm mit dem letzten Atemzug seine

Magierseele ein. Mit dem Tode des Zauberers wurde das Bild, also Rübezahl, lebendig. Als Berggeist ist er unsterblich, weil jede Seele unsterblich ist. Mit der Seele des Magiers hat Rübezahl aber auch alle menschlichen Eigenschaften seines Schöpfers angenommen. Er ist gut und bösartig, unbarmherzig und gnädig und wendisch von einem Augenblick zum anderen wie das Wetter im Riesengebirge. Als Geschöpf eines Zauberers kann er sich winzig klein, riesengroß, sichtbar oder unsichtbar machen und in jede Gestalt verwandeln, die er sich vorstellt."

„Eine originelle Theorie", sagte ich.

„Stoßen wir auf Adam an", sagte er. „Der war aus Lehm modelliert, und sein Schöpfer hauchte ihm die unsterbliche Seele ein."

Der Wein in unseren Gläsern funkelte spitzbübisch.

„Na denn prost", sagte ich.

*

An Ort und Stelle - also im Riesengebirge - saßen wir eines Abends in einer Baude zusammen: Deutsche, Tschechen und Polen. Alle sprachen deutsch. Als jemand sagte, daß ich Schriftsteller sei, sollte ich „vortragen". Ich erzählte zwei Rübezahlgeschichten. Die anderen, meist junge Leute, hörten zu, und eine Polin sagte: „Das sollten Sie in einem Buch schreiben."

Dann folgte der Knüller. Die Wirtin schleppte einen jungen Dackel an, der hin- und herstrampelte. „Er hat Václav geheißen", sagte sie zu mir, „jetzt heißt er Krakonoš. Rufen werd' ich ihn Krako."

Die anderen klatschten Beifall, ich war gerührt.

Und so begann es

Die ersten Geschichten von einem Gespenst, das im Riesengebirge umgehe, dürften schon im frühen Mittelalter von reisenden Händlern, fahrenden Rittern und wandernden Studenten verbreitet worden sein. Beim Weitererzählen wurden die Abenteuer immer gefährlicher, der Berggeist immer schrecklicher. Angeber berichteten, daß sie den Unhold gesehen oder gar mit ihm gekämpft hätten.

Das älteste uns bekannte Abbild des Berggeistes stammt aus dem Jahre 1561. Es zeigt ein langgehörntes, geschwänztes Fabelwesen mit einer Stange in den Klauen. Wegen der Hufe an den Füßen sahen damals viele Leute den Teufel in ihm.

In einer der frühesten Geschichten heißt es: „Der Berggeist ist viele hundert Jahre alt. Die meiste Zeit lebt er unter der Erde, wo Gnomen (Zwerge) ihm dienen. Er fährt nur dann auf die Oberwelt hinaus, wenn es ihm in seinem unterirdischen Reich zu langweilig wird.“

Der Sage nach hetzte er in seinen Flegeljahren Auerochsen und Bären gegeneinander, trieb Hirsche und Rehe auf Felsklippen und von da in den Tod. Er jagte Wildschweine, bis sie liegen blieben, und schüttelte Waldbäume, daß die Vogelnester aus dem Geäst und durch die Luft wirbelten.

Dann machten ihm die Hetzjagden keinen Spaß mehr. Er kehrte zu seinen Zwergen zurück und ließ sich pflegen...

Einige Jahrhunderte lang blieb er in seiner Unterwelt, bis er wieder einmal die Sonne sehen wollte. Er fuhr nach oben und schaute vom höchsten Gipfel seines Gebirges auf das weite Land hinunter. Dort hatte sich vieles verändert. Waldgebiete waren gerodet und zu Bauernland geworden. An Obstbäumen reiften Früchte. Aus den Schornsteinen strohgedeckter Häuser stieg Rauch auf. An den Hängen weideten Schafe, Ziegen und Rinder. Ein Hirte blies auf seiner Flöte. Auf Fuhr- und Gehwegen ratterten Ochsenkarren und liefen geschäftige Menschlein.

Nur kurze Zeit ärgerte sich der Berggeist darüber, daß sich Menschen auf seinem Land angesiedelt hatten, dann siegte die Neugierde. In der Gestalt eines Raben flog er auf ein Hausdach und beäugte Männer, Frauen und Kinder aus der Nähe. Sie gefielen ihm, besonders die Kinder, die ihn an seine Zwerge erinnerten. Ein Mädchen wies auf ihn und rief: „Dort sitzt eine Krähe!“

„Ich bin ein Rabe!“ protestierte der Herr des Gebirges. Die Leute verstanden sein Gekrächze nicht und beachteten ihn nicht weiter.

In Rabengestalt flog der Berggeist durch das Dorf, bis er aus einem Bauernhof wüstes Geschimpfe hörte. Er setzte sich in ein offenes Fenster, spähte und lauschte.

In der Stube hinter dem Fenster saß ein dicker Mann und schlug mit der Faust auf den Tisch. Dazu schimpfte er auf den Schäfer Sebastian, der ihm davongelaufen war. „Wer hütet jetzt meine Herde?!“ polterte er wütend.

„Eine gute Gelegenheit, die Menschen kennen zu lernen“, krächzte der Berggeist, hüpfte vom Fenster, verwandelte sich in einen kräftigen jungen Mann, ging ins Haus und klopfte an die Stubentür.

Der Bauer knurrte unfreundlich, der Berggeist trat ein. „Wenn du mich anbetteln willst, verschwinde!“ brummte der Dicke.

„Ich bin Schafhüter“, sagte der Berggeist.

Der Bauer sprang auf, sein Zorn war verraucht. „Zufällig such' ich einen Schäfer“, gestand er. „Allerdings kann ich nicht viel bezahlen, die Zeiten sind schlecht.“

Sie einigten sich auf geringen Lohn, und der Herr des Gebirges hütete die Schafe seines Menschenherrn.

Die Herde gedieh prächtig. Viele Lämmer wurden geboren, kein Schäflein verirrte sich oder stürzte in Steilhängen zu Tode. Als Wölfe einmal in der Dämmerung heranschlichen, schleuderte der Berggeist Blitz und Donner in das Rudel, daß die Räuber Hals über Kopf davonhetzten und sich nie wieder blikken ließen.

Nun war der Bauer ein schrecklicher Geizhals. Er selbst gönnte sich alles, anderen wenig oder nichts. Nur weil er nicht teilen wollte, hatte er nicht geheiratet.

Um den neuen Schäfer zu betrügen, stahl er selbst den besten Widder aus seiner Herde. Dafür zog er dem Berggeist die Hälfte des vereinbarten Jahreslohnes ab.

Das war dem Herrn des Gebirges zuviel. Er lief dem Geizhals davon und rächte sich auf seine Art. Zwar verunglückten auch weiterhin keine Schafe, doch wurde in der Herde kein einziges Lämmchen mehr geboren.

*

Als der erste Zorn verraucht war, verdingte sich der Berggeist einem Müller als Mahlknecht. Spielend wuchtete er die schwersten Säcke in die Mühle, und das Mehl war noch nie so fein geworden wie unter seinen Händen.

Leider war der Müller ein Betrüger. Von dem Getreide, das ihm die Bauern zum Mahlen brachten, schaffte er ein Viertel für sich selbst beiseite.

„Warum tust du das, Meister?“ fragte der Berggeist eines Tages.

Der Müller lachte. „Die Bauern merken es nicht, und mir tut es gut.“

„Ist es nicht Diebstahl?“ wandte der Berggeist ein.

„Dieses Wort will ich nicht gehört haben!“ fuhr der Müller den Mahlknecht an. „Außerdem tun es viele. Denk daran, wie Könige und Fürsten uns Untertanen schröpfen!“

Der Herr des Gebirges hatte noch keine Könige und Fürsten kennen gelernt. Was der Müller tat, gefiel ihm trotzdem nicht. Er verschwand bei Nacht und Nebel, und der Müller wunderte sich. Von jetzt an wurde das abgezwackt Getreide schimmelig, und Ratten nisteten darin.

*

Aller schlechten Dinge sind drei, überlegte der Berggeist und wollte es genau wissen. Er wurde Schreiber bei einem Richter, der für Recht und Ordnung sorgen sollte. Für Recht und Ordnung sorgen ist ein ehrenwerter Beruf, dachte der Herr des Gebirges - und merkte bald, daß der Richter bestechlich war. Verbrecher, die ihm hohe Summen bezahlten, ließ er laufen. Kleine Spitzbuben und Diebe, die aus Not und Hunger gestohlen hatten, bestrafte er mit der ganzen Schärfe des Gesetzes.

Das wurde dem Schreiber zu bunt. „Was Ihr tut, Herr Richter, ist ungerecht“, sagte er. „Bestechung ist eines aufrechten Geistes unwürdig.“

„Eines Geistes?“ fuhr ihn der Richter an. „Willst du damit ausdrücken, daß ich keinen Geist habe?!“

„Keinen aufrechten“, antwortete der Berggeist.

„Das ist eine Unverschämtheit!" wetterte der Richter und ließ den Schreiber in den Kerker werfen,

Der Herr des Gebirges blieb nicht lange darin. Er machte sich klein und unsichtbar und verschwand durch das Schlüsselloch.

Dann wunderte sich der Richter. Jedes Goldstück, das er als Bestechung annahm, wurde zu Kupfer, jede Silbermünze zu wertlosem Blech.

*

Der Berggeist hatte genug von den Menschen Er kehrte in sein unterirdisches Reich zurück und dachte lange nach.

Drei Menschen hatten ihn enttäuscht.

Ob alle so waren?

Der Berggeist unterhielt sich mit seinen Zwergen.

Der älteste und gescheiteste Zwerg sagte: „Laß die Menschen tun, was ihnen beliebt. Eines Tages werden sie ihre eigene Welt zerstören und einander ausrotten. Dann kommt unsere Zeit – die ohne Profitdenken."

„Was ist Profit?" fragte der Berggeist.

„Profit?" wiederholte der Zwerg. „Ich habe einmal Menschen belauscht, die sich darüber unterhielten. Sie nennen es Fortschritt."

Wie Rübezahl zu seinem Namen kam

Bei seinem nächsten Ausflug auf die Oberwelt erhielt der Berggeist des Riesengebirges den Spottnamen „Rübezahl“. Das war so gekommen:

Droben auf der Erde mußte ein wunderschöner Sommertag sein, denn die Sonnenstrahlen blitzten durch alle Spalten und Risse bis in das unterirdische Reich hinunter.

Der Berggeist überlegte, ob er zwei- oder gar dreihundert Jahre nicht mehr in der Sonne gelegen war. Jetzt juckte es ihn vom Kopf bis in die Zehen hinunter. Er machte sich dünn und unsichtbar und pfiff durch einen Maulwurfsgang nach oben. Neben einem Wasserfall fuhr er aus dem Erdboden ins Freie.

Der Wasserfall stürzte in einen kleinen Teich. An dessen Ufer tanzten drei Menschenmädchen und sangen dazu. Das vierte Mädchen - es war das allerhübscheste - saß auf einem Stein und plätscherte mit den Füßen im Wasser.

Der Berggeist war von der Schönheit des vierten Mädchens rundherum begeistert. Die soll meine Gemahlin werden, dachte er. Da tutete in der Nähe ein Horn.

Der Berggeist fuhr herum und sah auf dem Fahrweg eine prächtige Kutsche stehen, vor die zwei Schimmel gespannt waren. Auf dem Bock saß der Kutscher, der ins Horn blies. In seine rote Jacke war das Wappen des Herzogs von Schlesien eingestickt. Jetzt setzte er das Horn ab und rief: „Bitte einsteigen, edle Damen! Die Zeit drängt!“

Die drei Mädchen, die getanzt und gesungen hatten, rafften ihre Röcke und liefen zur Kutsche. „Ich komme nach!“ rief das vierte Mädchen und pflückte noch rasch einige Blumen.

Wenn sie wegfährt, sehe ich sie vielleicht nie wieder, überlegte der Berggeist und schnippte mit den Fingern.

Das wunderschöne vierte Mädchen schrie auf, denn plötzlich gab der Boden nach. Die Erschrockene sank in die Tiefe. Vor Angst wurde sie ohnmächtig.

Entsetzt starrten der Kutscher und die anderen Mädchen dorthin, wo der Teich gewesen war. Vor Schreck blieb ihnen der Schrei im Halse stecken. Es gab keinen Teich und keinen Wasserfall mehr. Wo das vierte Mädchen verschwunden war, türmten sich bemooste Felsbrocken, auf denen sich Kreuzottern sonnten.

Da drohte neues Unheil. Aus heiterem Himmel zuckte ein Blitz nieder, schlug neben den Schimmeln in einen Baumstumpf, und rollender Donner ließ die Erde zittern. Schreiend flüchteten die Mädchen in die Kutsche. Die Schimmel bäumten sich auf und galoppierten davon. Mit aller Kraft hielt sie der Kutscher auf dem Fahrweg.

Bis zur Grenze seines Zauberreiches schickte ihnen der unsichtbare Berggeist Blitz und Donner nach. An der Grenze verabschiedete er sich mit dem stärksten Donnerschlag, den er zaubern konnte.

Erst vor dem Jagdschloß des schlesischen Herzogs blieben die Pferde stehen.

Der Herzog und die Herzogin, die hier ihren Sommerurlaub verbrachten, eilten in den Schloßhof. Damen und Herren der Hofgesellschaft, Diener und Dienerinnen drängten nach. Sie ahnten Schlimmes, denn die Kutsche hätte erst in zehn Tagen zurückkommen sollen.

„Wo ist Prinzessin Emma?!" fuhr der Herzog den Kutscher an. Dieser murmelte etwas von einem verhexten Wasserfall. Dann wurden ihm die Knie weich, und zwei Diener mußten ihn stützen.

Die Herzogin riß die Tür der Kutsche auf. Da hockten die

Freundinnen der Prinzessin wie drei Häufchen Unglück und jammerten zum Gotterbarmen. „Wo ist meine Tochter?" stöhnte die Herzogin.

„Sie - sie ist im Erdboden - versunken", stotterte Wanda, die beste Freundin der Verschwundenen.

Es dauerte lange, bis der Kutscher und die drei Mädchen vernünftig erzählten, was geschehen war. Dann war ein Jammer im Schloß, wie es ihn seit Menschengedenken nicht gegeben hatte.

Sogar die Schimmel waren betrübt. Sie ließen die Köpfe hängen und vier traurige Äpfel fallen.

Drei Tage lang ließ der Herzog bewaffnete Reiter nach der Prinzessin suchen. Sie fanden nicht einmal die Stelle, wo Emma versunken war. Nirgendwo gab es Wasserfälle, die in Teiche stürzten, aber auch keine bemoosten Felsbrocken, auf denen sich Kreuzottern räkelten. „Alles ist noch einmal verwandelt", murmelte der Kutscher, der die Reiter führte.

Die Herzogin ließ einen berühmten Hellseher kommen, aber auch er fand nicht die geringste Spur der Prinzessin. Achselzuckend sagte er etwas von einem mächtigen Zauber, gegen den kein Irdischer ankomme.

*

Am allerunglücklichsten war der junge Graf Wenzel auf der böhmischen Seite des Riesengebirges. Er war mit Emma verlobt und liebte sie sehr.

Als die Prinzessin in der Erde versank, war sie mit ihren Freundinnen zu Wenzel unterwegs gewesen. Er hatte sie zu einem Sommerfest im Schloß seines Vaters eingeladen.

Ein Reiter des schlesischen Herzogs brachte ihm die schreckliche Nachricht. Graf Wenzel jammerte eine Weile, dann tobte er, ballte die Fäuste und schrie: „Ich werde sie suchen und finden!“ Er ließ zusammenpacken, was er für längere Zeit brauchte, sprang auf sein Pferd und ritt ins Gebirge.

*

Zurück zur Prinzessin:

Als sie aus ihrer Ohnmacht erwachte, fand sie sich in einem unterirdischen Gemach wieder, das größer und schöner war als das größte und schönste Zimmer im Schloß ihres Vaters. Sie saß in einem Polstersessel, und um sie herum war farbiges Licht. Es strahlte aus tausend geschliffenen Steinen von der Decke herunter. In allen Ecken standen Kristallvasen mit leuchtenden Blumen darin. Auf einem Marmortisch schimmerte eine goldene Schale mit frischen Früchten. Ein bequemes Himmelbett lud zum Ausruhen ein, das Wasser im silbernen Waschbecken duftete nach wilden Rosen. Auf dem Fußboden lagen kostbare Teppiche. Zauberhafte Musik füllte den Raum.

Immer wieder sah Emma sich selbst. Überall waren Spiegel, die ihr Bild zurückwarfen.

Die Prinzessin staunte verwirrt.

Plötzlich stand ein hübscher junger Mann vor ihr, verbeugte sich tief und sagte: „Ich bin der Berggeist des Riesengebirges und werde dich zur Gemahlin nehmen. Du sollst die Königin an meiner Seite sein. Ich und meine Zwerge werden dir dienen.“

„Nein!“ rief Emma erschrocken. „Ich bin mit Graf Wenzel verlobt!“

„Graf Wenzel?“ spottete der Berggeist. „Er ist ein Wurm gegen mich. Vergiß ihn und bewundere, was ich dir biete.“ Er klatschte in die Hände.

Die Wände des Zimmers öffneten sich. Emma überblickte das unterirdische Reich, das der Berggeist beherrschte. Sie sah Wiesen und Gärten, Wälder, Bäche und Seen. Alles leuchtete in so strahlendem Licht, daß sie blinzeln mußte. Dann erkannte sie, daß Bäume und Sträucher, Kräuter und Blumen nicht lebendig, sondern aus glitzernden Steinen waren. Nur das Wasser war echt.

„Ist es hier nicht tausendmal schöner als oben auf der Erde?" fragte der Berggeist.

„Nein", sagte Emma. „Ich möchte kein totes Gestein, ich will Leben um mich haben, vor allem Freunde und Freundinnen."

Der Berggeist lächelte. „Aber bitte sehr." Auf seinen Wink schleppten zwei Zwerge einen Weidenkorb herein, in dem zehn dicke Rüben lagen. Sie setzten ihn vor Emma ab, verbeugten sich und verschwanden.

„Rüben?!" rief Emma empört. „Willst du mich auch noch verspotten, du Räuber?!"

„Bestimmt nicht, geliebte Prinzessin", versicherte der Berggeist und reichte ihr einen Stab, in den geheimnisvolle Zeichen geschnitten waren. „Wenn du die Rüben mit diesem Zauberstab berührst, werden sie sich in jede Gestalt verwandeln, die du dir wünschst", erklärte er freundlich, „nur nicht in deinen Vater, deine Mutter und Graf Wenzel." Er verneigte sich, wünschte Emma viel Vergnügen beim Zaubern und sagte, daß er sie am nächsten Morgen noch einmal fragen werde, ob sie seine Gemahlin sein wolle.

Dann löste er sich in Luft auf.

Kaum war er verschwunden, berührte Emma die erste Rübe mit dem Zauberstab und flüsterte: „Werde zu Wanda."

Schon stand ihre liebste Freundin vor ihr. Emma fiel ihr um den Hals und tanzte mit ihr im Zimmer herum. Wanda redete und bewegte sich wie immer. Schon zweifelte Emma daran, daß sie mit einer Rübe tanzte - da fiel ihr auf, daß die Herbeigezauberte ein Rübenblättchen im Haar trug. Als Emma es wegzupfen wollte, schrie Wanda auf, als ob es ihr weh täte. Das Rübenblatt war angewachsen.

Aus den nächsten Rüben zauberte Emma ihre beiden anderen Freundinnen, vier Dienerinnen, ihren Lieblingskater Peter, ihren Dackel Benjamin und den Kanarienvogel Willibald, der im Schloß daheim frei fliegen durfte. Alle sahen aus, als ob sie es wirklich wären. Die grünen Blättchen, die die Mädchen im Haar, Willibald zwischen den Kopffedern, Peter und Benjamin hinter dem linken Ohr hatten, fielen kaum auf.

Emma scherzte und tanzte mit ihren Freundinnen, spielte mit den Tieren und vergaß, daß diese Rüben waren. Die Dienerinnen brachten zu essen und zu trinken und fütterten Benjamin, Peter und Willibald.

Dann spürte Emma, daß sie müde wurde. „Für heute reicht es“, sagte sie. Augenblicklich verschwanden die Mädchen und die Tiere.

Emma wusch sich und schlief ein...

Am anderen Morgen halfen ihr die Dienerinnen beim Waschen, Ankleiden und Frisieren. Dann trugen sie Honigmilch und Heidelbeerkuchen auf. Zum Frühstück erschienen auch die drei Freundinnen, der Dackel, der Kater und der Kanarienvogel.

Emma fiel auf, daß sich ihre Gäste über Nacht verändert hatten. Sie bewegten sich langsamer als gestern, hatten Falten im Gesicht, und ihre Haare waren stumpf geworden. Der Hund, der Kater und der Kanarienvogel bellten, miauten und zwitscherten so müde, als ob es ihnen keinen Spaß mehr machte.

„Was ist los mit euch?“ fragte Emma. Die Mädchen wiesen auf die Rübenblättchen in ihrem Haar, Dackel und Kater zeigten mit der Vorderpfote auf die Blättchen hinter den Ohren, der Kanarienvogel deutete mit dem Flügel in seine Kopffedern.

Alle Rübenblättchen waren verwelkt. „Wieso?“ fragte Emma.

Die Antwort gab der Berggeist. Er erschien als Märchenprinz, scheuchte die verzauberten Rüben hinaus und verneigte sich tief. „Geliebte Prinzessin“, sagte er, „ich frage dich zum zweiten Mal, ob du meine Gemahlin ...“

Emma unterbrach ihn. „Was hast du mit meinen Gespielinnen gemacht?“ fuhr sie ihn an.

„Sie sind Rüben“, antwortete er. „Rüben schrumpeln in einem Monat etwas ein, das ist ganz natürlich.“

Emma starrte ihn an. „In einem Monat?“ wiederholte sie. „Aber sie sind doch erst einen Tag alt!“

Der Berggeist lächelte. „In meinem unterirdischen Reich ist ein Erdenmonat nicht mehr als ein Tag“, erklärte er freundlich. „Über Nacht sind die Rüben dreißig Erdentage älter geworden, da welken die Blätter.“

„Dann habe ich - dreißig Tage und Nächte geschlafen?“ stammelte Emma.

Der Berggeist nickte. „So ist es, Prinzessin. Aber du bist - genauso wie ich - nur einen einzigen Geistertag älter geworden.“

„Laß mich allein“, stöhnte Emma.

„Am übernächsten Morgen komme ich wieder“, sagte der Berggeist. „Schlaf so lange.“ Er verneigte sich und verschwand.

*

Der Herzog und die Herzogin gaben ihre Tochter verloren. Sie legten Trauerkleider an und befahlen ihren Untertanen, schwarze Fahnen aus den Fenstern zu hängen. Die Altarbilder in den Kirchen wurden einen Monat lang mit schwarzen Tüchern verhängt. Nur Graf Wenzel glaubte nicht, daß seine Prinzessin tot sein sollte. Tag für Tag ritt er durch die Täler und über die Höhen des Riesengebirges und suchte nach ihr.

*

Bei ihrem zweiten Erwachen im unterirdischen Schloß des Berggeistes erschrak Prinzessin Emma furchtbar. Die Dienerinnen und Freundinnen, die um das Himmelbett herumstanden, waren alt und klapprig geworden. Zwei gingen an Krücken, die anderen stützten sich auf Stöcke, und alle husteten und keuchten zum Gotterbarmen.

Ihre Gesichter waren völlig verrunzelt, ihre Haare schneeweiß, die Rübenblättchen vertrocknet. Der Kanarienvogel zappelte hilflos am Boden, Dackel und Kater konnten nur noch kriechen.

„Nein!“ rief Emma und schlug die Hände vor das Gesicht.

„Du hast zwei Erdenmonate lang geschlafen“, hörte sie den Berggeist sagen. „Da sind die Rüben vertrocknet. Ich werde dir neue bringen.“

Emma schluchzte verzweifelt. Keine Stunde länger wollte sie in diesem unheimlichen Zauberreich leben. Sie wusch sich, kleidete sich hastig an und...

... da war der Berggeist schon wieder. „Ich komme mit leeren Händen, geliebte Prinzessin“, gestand er betrübt. „Auf der Erde ist Winter. Alle Rüben sind geerntet, ich fand keine einzige auf den Feldern.“

„Dann soll ich nicht einmal mehr verzauberte Rüben um mich haben?“ rief Emma empört. „Laß mich frei, du böses Gespenst! Ich will dich nie mehr sehen!“

„Beruhige dich“, brummte der Berggeist. „Auf dem Markt der Stadt Hirschberg habe ich einen Sack voll Rübensamen gekauft. Meine Zwerge säen sie jetzt oben auf der Erde aus. Dann heizen sie den Boden an, daß die Rüben auch im Winter wachsen. In fünf Erdenmonaten werden sie so groß sein, daß du dir neue Freundinnen aus ihnen zaubern kannst. Hier unten sind es für dich nur fünf Tage.“

„Laß mich frei!“ trotzte Emma.

„Ich rate dir freundlicher zu mir zu sein“, grollte der Berggeist und war auf einmal kein hübscher junger Mann mehr, sondern ein zottiger Unhold mit einem Wildschweinkopf. „In drei Tagen komme ich wieder“, grunzte er böse. „Dann wirst du mir sagen, wann unsere Hochzeit ist.“ Er stampfte mit dem Fuß auf und versank im Boden. Die verzauberten Rüben verdampften als Rauch.

Emma überlegte angestrengt, wie sie dem Berggeist entfliehen könnte. Nach langem Grübeln kam ihr ein guter Gedanke...

Am dritten Morgen empfing sie den Herrn des Riesengebirges, der sich wieder als netter junger Mann zeigte, sehr freundlich. „Bereite die Hochzeit für den Tag vor, an dem du mir die frischen Rüben überreichst“, sagte sie lächelnd.

Der Berggeist strahlte vor Freude und versprach ihr die prächtigste Hochzeitsfeier, die es je gegeben hatte.

„Wie gedeihen die Rüben?“ erkundigte sich Emma.

„Überzeuge dich“, sagte der Berggeist, schnippte mit den Fingern, und schon waren sie oben auf der Erde. Der Berggeist führte Emma an den Rand eines riesigen Feldes. Obwohl erst Frühling war, standen die Rüben schon kräftig. Das machte die Heizung der Zwerge.

„Sehr schön“, lobte Emma, zog heimlich eine Rübe aus dem Acker und versteckte sie im Ärmel.

„In zwei Erdenmonaten werden sie geerntet“, sagte der Berggeist, „das sind zwei kurze Geistertage. Dann feiern wir unsere Vermählung.“

Emma lächelte ihm zu.

Er brachte sie wieder nach unten und verabschiedete sich, um das Hochzeitsfest vorzubereiten.

Emma nahm die Rübe aus dem Ärmel, berührte sie mit dem

Zauberstab und verwandelte sie in eine Elster. „Flieg zu Graf Wenzel“, flüsterte sie beschwörend. „Sag ihm, daß ich lebe und daß er mich in zwei Monaten am Eingang des Maiglöckchentales erwarten soll.“

Die Elster flog aus dem unterirdischen Reich des Berggeistes ins Freie, schwang sich in die Luft und schoß davon. Und weil sie eine Zauberelster war, fand sie den Grafen Wenzel schon nach kurzer Zeit im wildesten Teil des Riesengebirges. Sie setzte sich auf seine Schulter und berichtete ihm, was Emma ihr aufgetragen hatte. Dann verschwand sie in einer Wolke.

Graf Wenzel war glücklich. „Ich werde kommen!“ rief er in den Wald hinein.

„Kommen - kommen - kommen...“, rief das Echo zurück.

Am Morgen des dritten Geistertages zog Emma das wunderschöne Brautkleid an, das ihr der Berggeist geschenkt hatte, und schmückte sich mit seinen Edelsteinen.

Als der Bräutigam eintrat, verschlug es ihm die Stimme. Er staunte mit offenem Mund.

Emma verstellte sich geschickt. „Sind die Rüben so weit gediehen?“ fragte sie freundlich. „Ich möchte aus ihnen viele, viele Mädchen zaubern, die uns Blumen streuen.“

Der Berggeist lachte. „Wenn du alle Rüben in Blumenmädchen verwandeln wolltest, würden uns Tausende folgen.“

„Darf ich sie sehen?“ fragte Emma und griff zum Zauberstab.

„Selbstverständlich“, antwortete der Berggeist, brachte die Prinzessin auf die Erde hinauf und wies mit ausgestrecktem Arm über den Acker, auf dem zahllose Rüben gewachsen waren.

„Großartig!“ rief Emma. „Wie viele mögen es wohl sein?“ Im stillen bat sie alle guten Geister, ihren Plan gelingen zu lassen.

„Soll ich sie vielleicht zählen?“ unkte der Berggeist.

Genau diese Frage hatte Emma erwartet. Gott sei Dank, dachte sie. „Ich würde mich freuen, die Zahl zu erfahren“, antwortete sie rasch. „Oder traust du dir nicht zu, meine Blumenmädchen genau zu zählen?“

„Und ob ich es mir zutraue!“ prahlte der Berggeist und begann. Wie ein Pfitschepfeil sauste er durch die Beete.

Emma verlor keine Zeit. Hinter dem Rücken des Berggeistes riß sie eine dicke Rübe aus, verwandelte sie in ein kräftiges Reitpferd mit Sattel und Zaumzeug, schwang sich auf seinen Rücken und jagte über Stock und Stein dem Eingang des Maiglöckchentales zu.

Da, wo das Zauberreich zu Ende ging, bäumte sich das Pferd auf, warf die Reiterin ab und verschwand.

Emma tat sich nicht weh. Sie fiel in die Arme ihres Grafen Wenzel, der sie hier erwartet hatte. Auf seinem Roß galoppierten sie in die Freiheit.

*

Inzwischen war der Berggeist mit dem Rübenzählen fertig geworden. Doppelt genäht hält besser, dachte er und wollte sich überzeugen, ob er keine Rübe übersehen oder zweimal gezählt hatte. So schnell er konnte, zählte er vom anderen Ende des Ackers zurück.

Da hatte er sich doch tatsächlich geirrt! Jetzt war es eine Rübe weniger. Er ahnte nicht, daß Emma sie herausgezogen hatte.

Vorsichtshalber zählte er ein drittes und viertes Mal. Dann glaubte er die richtige Anzahl zu kennen.

Er wollte zu Emma eilen - und fand sie nicht. Er rief nach ihr und erhielt keine Antwort.

Da fiel es ihm wie Schuppen von den Augen. „Sie hat mich

zum Narren gehalten!" wetterte er und schwang sich in die Luft. Dort sah er gerade noch, wie Emma und Wenzel aus seinem Zauberreich hinausgaloppierten.

Wütend schleuderte er ihnen einen Blitz nach, doch dieser zerschmetterte nur eine uralte Grenzfichte. Außerhalb seines Reiches hatte der Berggeist keine Gewalt mehr.

*

Als Graf Wenzel die schöne Emma ihren Eltern zurückbrachte, jubelten der Herzog, die Herzogin und alle Leute im Land. Der richtige Benjamin, der richtige Peter und der richtige Willibald überkugelten sich vor Wiedersehensfreude.

Emma und Wenzel feierten eine prächtige Hochzeit. Dabei wurde am lautesten über den Streich gelacht, den die Prinzessin dem Berggeist gespielt hatte.

Wanda, ihre beste Freundin, erfand den Spottnamen, der sich mit Windeseile verbreitete und dem Herrn des Riesengebirges bis heute geblieben ist: „Rübenzähler", oder noch spöttischer: „Rübezahl".

*

Dazu meint Freund Georg aus dem ehemaligen Schatzlar (heute Žacléř): „Und wenn's nicht so gewesen ist, so ist's doch hübsch erfunden."

Fräulein Kunigunde

Auf der schlesischen Seite des Riesengebirges, südlich der Stadt Hirschberg, erhob sich auf beherrschender Höhe die Burg Kynast. Sie wurde 1675 vom Blitz getroffen und brannte aus, doch die Ruine ist noch im Verfall majestätisch. Vom Turm schweift der Blick weit ins Hirschberger Tal.

Der Sage nach soll zur Ritterzeit das adelige Fräulein Kunigunde auf Kynast gelebt haben. Das Fräulein war jung und wegen seiner Schönheit weithin berühmt. Dazu kam, daß die Familien, die auf Kynast saßen, von altem Adel und reich waren.

Fräulein Kunigunde galt als gute Partie. Kein Wunder, daß sich viele Freier um ihre Gunst bemühten. Sie ritten nicht nur aus Schlesien, sondern auch aus Böhmen und Sachsen heran. Keinen nahm das stolze Fräulein zum Gemahl und keiner kehrte zurück.

Schon bald tuschelten die Leute, daß Kunigunde vom Teufel besessen sei, der seine Nebenbuhler ins Verderben stürze. Der Zustrom der Bewerber ließ trotzdem kaum nach. Kunigundes Jugend, Schönheit, Adel und Reichtum lockten weiterhin. Nach Gold und Silber gelüstete es besonders verarmte Edelleute, die nichts weiter als ihr schäbiges Leben zu verlieren hatten. Sie verschwanden wie die anderen vorher. Raben krächzten ihnen nach.

Die Bauern und Handwerker, die zur Herrschaft Kynast gehörten, schwiegen genauso wie die Bewohner der Feste. Kunigundes Vater, der Burggraf, hatte jedem bei strengster Strafe verboten, über die verschwundenen Freier auch nur ein Sterbenswörtchen zu reden.

*

Das Gekrächze der Raben drang bis in Rübezahls unterirdisches Reich hinunter. Den Berggeist, der sich zwar gern in einen Raben verwandelte, regte das Krächzen diesmal auf. „Wenn so viele zusammen plärren, ist es nicht auszuhalten“, brummte er, machte sich unsichtbar und fuhr in der Nähe von Kynast auf die Erde hinaus.

Ausgerechnet jetzt hatten sich die Schreihälse verzogen. Der Berggeist erkannte auch, warum. Ein junger Mann ritt auf einem schnaubenden Rappen heran. Er trug ein herrschaftliches Jagdgewand und einen Federhut, die vom langen Ritt verstaubt waren. Bewaffnet war er mit einer Armbrust und einem Hirschfänger. Rübezahl schätzte ihn auf drei- bis vierundzwanzig Menschenjahre. Wahrscheinlich ein Adeliger, der Abenteuer sucht, dachte er.

Schon wollte er sich sichtbar machen, da kam von der anderen Seite ein Weiblein heran, das einen schweren Korb voll Holz auf dem Rücken trug. Als es den Reiter sah, erschrak es. „Wollt Ihr zur Burg hinauf, junger Herr?“ fragte es ängstlich.

Der Reiter nickte und zügelte den Rappen. „Ja, warum wollt Ihr das wissen?“

„Vielleicht wegen Fräulein Kunigunde?“ erkundigte sich die Alte aufgeregt.

Wieder nickte der Reiter.

Das Weiblein sah sich vorsichtig um, dann trat es näher zu dem jungen Mann und flüsterte beschwörend: „Kehrt um, Herr, wenn Euch das Leben lieb ist.“

„Warum denn?“ fragte der Reiter ärgerlich. „Ich bin genauso adelig wie das Fräulein. Ich werde Kunigunde bitten, meine Gemahlin...“ Er unterbrach sich. „Ach was, das geht Euch nichts an!“

„Wenn der Burggraf erfährt, daß ich Euch gewarnt habe, läßt er mich in den Turm werfen“, redete die Alte hastig weiter. „Aber Ihr erbarmt mich, junger Herr.“ Sie wies zur Burg hinauf. „Dort oben wartet der Tod auf Euch, wie er auf die anderen gewartet hat.“

Der Reiter schien neugierig zu werden. Er stieg vom Pferd, reichte der Alten ein Silberstück und bat sie weiterzusprechen.

Der unsichtbare Rübezahl huschte dicht heran und lauschte gespannt. Was er erfuhr, ließ ihn den Kopf schütteln und dann die Fäuste ballen.

Während die Alte erzählte, sah sie sich immer wieder ängstlich um. „Fräulein Kunigunde“, flüsterte sie, „will nur den besten Mann zum Gatten nehmen; den, der alle anderen weit übertrifft. Sie verlangt von jedem Freier, daß er auf seinem Pferd die Burg Kynast umreitet.“

„Na und?“ wandte der junge Mann ein.

Wieder wies die Alte zur Burg hinauf. „Auf den Zinnen der Mauer“, sagte sie.

„Auf den Mauerzinnen um die Burg reiten?!“ rief der Reiter.

Die Alte legte den Finger an die Lippen. „Pssst, nicht so laut! Ich will nicht im Kerker verderben.“

„Sprecht weiter“, bat der junge Mann leise.

Das Weiblein fuhr fort: „Jeder Freier muß die Burg auf den Zinnen der Mauer umreiten. Geschafft hat es noch keiner. Reiter und Pferde stürzten den Felshang hinunter in den Tod.“

„Hat sich denn keiner geweigert?“ fragte der junge Mann.

„Im letzten Augenblick schon“, antwortete die Alte, „aber es half ihm nichts. Er wurde samt seinem Pferd in die Tiefe gestürzt, weil er das edle Fräulein enttäuscht hatte.“

„Wer bestätigt mir, daß Ihr die Wahrheit sprecht?“ meinte der junge Mann, aber seine Stimme klang nicht mehr so forsch wie bisher.

„Wenn Ihr mir nicht glaubt, werdet Ihr es erfahren, wenn es für Euch zu spät ist“, sagte die Alte. „Jetzt muß ich in die Burg hinauf. Meine Aufgabe ist es, denen dort oben Feuerholz zu bringen. Überlegt vernünftig, junger Herr. Ich meine es gut mit Euch." Sie nickte dem Reiter zu. „Behüt' Euch Gott."

Der junge Mann sah ihr nach, bis sie im Wald verschwand. Eine Weile stand er unschlüssig, dann schüttelte er den Kopf und murmelte: „Altweibergeschwätz. Wie könnte eine edle Dame so gemein sein."

Rübezahl hörte es, dachte an Prinzessin Emma und knurrte: „Und ob, mein Junge!"

Der Reiter fuhr herum, sah niemanden und brummelte: „Spinne ich, oder ist hier alles verrückt?"

„Nein", antwortete der Berggeist und erschien dem Verwirrten als vornehm gekleideter Junker. Er grüßte und stellte sich als Fürst von Riesental vor.

„Wie konntet Ihr so plötzlich erscheinen?" fragte der Reiter. „Seid Ihr ein Zauberer?"

Der Berggeist nickte. „Ein Zauberer bin ich auch."

Dem Reiter ging ein Licht auf. „Seid Ihr vielleicht der Herr des Riesengebirges, den die Leute Rübe..." Da verschlug es ihm die Sprache und er hatte Mühe, sein scheuendes Pferd zu bändigen.

Der Berggeist war plötzlich zu Fünfmännergröße aufgeschossen. Jetzt sah er wie ein riesiger Köhler aus, trug struppige rote Haare, einen struppigen roten Vollbart und hielt einen Baumstamm als Köhlerstange in der Faust. „Sprich den Spottnamen nicht aus, Bürschchen!" donnerte er mit Grabesstimme. „Ich dreh' dir sonst die Nase ins Genick!"

„Verzeihung, Fürst von - von Riesental", stotterte der Reiter und verneigte sich tief. „Gestattet, daß auch ich mich vorstelle. Ich bin Baron von Hohenwiesen gegenwärtig auf Brautschau - aber nach dem, was mir eine alte Frau erzählt hat, nicht mehr so sicher, ob ich noch mag. Wenn ich an die Baronesse von Schönau denke, die mich immer so verliebt ansieht..." Er strich sich über die Stirn. „Die verlangt bestimmt nicht, daß ich mir ihretwegen den Hals breche."

Rübezahl lachte und schrumpfte auf Menschengröße zusammen. „Sehr vernünftig", lobte er. „Dann werde ich der dort oben einen Denkzettel verpassen."

„Der schönen Kunigunde?" fragte der Baron unsicher.

„Ihr und ihrem Vater, der die Schandtaten nicht verbietet", grollte der Berggeist.

„Und wie?" erkundigte sich der Baron.

„Das geht dich nichts an", antwortete Rübezahl. „Verschwinde und komm nie wieder!"

„Laßt mich zusehen", bat der Baron.

Rübezahl schüttelte den Kopf, packte den jungen Mann, setzte ihn aufs Pferd und gab ihm die Zügel in die Hände. Dann stampfte er mit dem Fuß auf. Ein Donnerschlag ließ die Erde beben. Der Rappe wieherte erschrocken, bäumte sich auf und galoppierte davon. Der Reiter hatte Mühe, sich im Sattel zu halten.

„Grüß die Baronesse von Schönau!" rief ihm der Berggeist nach. Dann nahm er die Gestalt und das Aussehen des jungen Mannes an und verwandelte die Köhlerstange in einen kräftigen Rappen. Als schmucker Jäger mit Federhut, Armbrust und Hirschfänger ritt er zur Burg Kynast hinauf.

Mit lauten Hornstößen kündigte der Wächter auf dem Turm den Besucher an.

Die Zugbrücke war hochgezogen. Vor dem Reiter gähnte ein Abgrund. „Ein Brautwerber begehrt Einlaß!" rief Rübezahl laut.

Die Zugbrücke rasselte herunter. Unter dem Burgtor erschienen zwei bewaffnete Knechte. Was der eine zum anderen sagte, hörte der Berggeist mit scharfem Ohr: „Wieder einer für die Raben."

Die Zugbrücke rastete ein, Rübezahl ritt weiter. Die Brücke dröhnte, der Rappe schnaubte nervös.

„Das ist doch der lustige Baron von Hohenwiesen", sagte der eine Knecht zum anderen. „Der war einmal zu Gast bei uns, aber nicht als Freier. Um den wär's schade."

Dann standen die beiden stramm und grüßten. Einer faßte den Rappen am Zügel und führte Roß und Reiter in den Burghof. Der am Tor brummte: „Ob Baron oder Graf, Herzog oder Fürst ist den Raben gleich." Er spuckte in den Burggraben hinunter. „Mir soll's recht sein."

Die Zugbrücke rasselte nach oben.

Das Hornsignal hatte die Leute in der Burg aufgeschreckt. Die Vornehmen versammelten sich im Saal des Palas und spähten durch die Fenster in den Hof hinunter. Knechte und Mägde liefen vor die Türen und starrten dem Gast entgegen.

Der Burggraf erkannte den Reiter sofort. „Der nette Baron von Hohenwiesen", sagte er. „Was will der bloß?"

„Mich", spottete Kunigunde, „was sonst?"

Einige Herren schmunzelten, die Damen kicherten.

„Den Hohenwiesen wirfst du nicht den Raben vor!" fuhr der Graf seine Tochter an.

„Glaubst du, daß er den Ritt auf den Zinnen übersteht?" spöttelte das Fräulein.

„Ich dulde das grausame Spiel nicht länger!" begehrte der Vater auf. Kunigunde beugte sich zu ihm und flüsterte ihm ins Ohr: „Mach dich nicht lächerlich, Papa. Als Mama noch lebte, hast du dich ihrem Willen gebeugt; seit ihrem Tod beugst du dich meinem. Laß es so bleiben."

Der Burggraf ballte die Faust.

Da meldete ein Diener den Gast: „Baron Ulrich von Hohenwiesen.

Der Graf, Fräulein Kunigunde und die anderen Damen und Herren nahmen ihre Plätze ein. Die Türhüter im Festsaal präsentierten die Speere.

Als der vermeintliche Baron eintrat, eilte ihm der Burggraf entgegen. „Willkommen, lieber Hohenwiesen!" rief er und schloß den jungen Mann in die Arme. „Herzlich willkommen!"

Aller Augen richteten sich auf Kunigunde. Sie winkte dem Gast gelangweilt zu. „Ich grüße Euch, Baron", sagte sie gnädig. „Hattet Ihr eine gute Reise?"

Der verwandelte Berggeist verneigte sich. „Ich ritt mit Windeseile", antwortete er. „Wenn es sein muß, hat mein Rappe Flügel."

„Echt Hohenwiesen!" rief der Burggraf. „Immer lustig und zu Späßen aufgelegt. - Ein Pferd mit Flügeln hahahahaaa!"

Einige Damen und Herren lachten mit.

„Sei nicht albern, Papa", flüsterte Kunigunde, dann wandte sie sich an den Gast: „Ich nehme an, daß Ihr als Brautwerber kommt - oder irre ich mich?"

„Ihr irrt Euch nicht", antwortete Rübezahl.

„Ihr kennt die Bedingung?" fragte das Fräulein weiter.

Rübezahl nickte. „Ich kenne sie."

Im Saal knisterte die Spannung. Kunigunde lächelte spöttisch. „Selbst wenn Euer Pferd fliegen könnte, Baron, hat es eine weite Reise hinter sich. Und Ihr werdet zu Kräften kommen müssen, um den Ritt über die Zinnen zu schaffen. Ich gebe Euch Zeit bis morgen früh. Bis dahin werdet Ihr und Euer Rappe bestens versorgt werden."

Zur Verwunderung aller lehnte der Baron ab. „Ich möchte den Ritt sofort hinter mich bringen.", sagte er entschlossen.

„Nein!“ rief der Burggraf.

„Warum nicht?“ spottete Kunigunde. „Wenn er sich schon heute das Genick...“ Sie unterbrach sich, lächelte entschuldigend und fuhr fort: „Wenn er mich schon heute zu seiner Gemahlin erheben möchte, soll sein Wille geschehen.“

Rübezahl verneigte sich. „Danke, verehrtes Fräulein. Ich werde mein Bestes tun.“ Auch den Willkommentrunk schlug er aus. „Wein benebelt die Sinne“, scherzte er. „Mein Rappe würde mich verachten, wenn mir ein Knecht in den Sattel helfen müßte.“

„Seid Ihr so sicher, daß Ihr die Zinnen schaffen werdet, Baron?“ spottete Kunigunde.

„Vollkommen sicher“, antwortete Rübezahl.

Das Fräulein klatschte in die Hände. Ein Knecht geleitete den verwandelten Berggeist zur Burgmauer hinauf, ein anderer führte den Rappen hinterher.

Der Graf, das Fräulein und andere Vornehme stiegen auf den Turm, um das, was auf den Zinnen geschah, von oben herunter zu beobachten. Die anderen liefen in den Burghof. Verstohlen drückten manche - auch der Burggraf - dem verwegenen Baron die Daumen.

„Wie es auch ausgeht“, flüsterte eine Dame ihrer Freundin zu, „der Arme wird in jedem Fall draufzahlen. Wenn er sich den Hals bricht, ist es aus mit ihm. Wenn er Kunigunde zur Gemahlin bekommt, ist er lebenslänglich mit einem Drachen verheiratet.“

Bevor die Freundin etwas dazu sagen konnte, schallten drei Hornstöße vom Turm herunter. Kunigunde hatte das Zeichen zum Ritt gegeben.

Rübezahl schwang sich auf seinen Rappen und zwang ihn mit hartem Schenkeldruck auf die Mauer hinauf. Das Tier schien auf die Zinnen zu fliegen, und dann...

Die Burgleute hielten den Atem an, und Kunigunde war sprachlos.

Der Rappe setzte Huf vor Huf, als ob er nicht über einem schwindelnden Abgrund ginge, sondern auf Wolken schwebte. Sein Reiter führte die Zügel mit einer Hand, mit der anderen winkte er den Bewunderern zu.

„Er schafft es!“ rief jemand aus dem Burghof herauf.

Kunigunde atmete schwer.

Rübezahl ritt von Zinne zu Zinne und überwand auch die gefährlichste Stelle, an der die Burgmauer direkt an den Steilhang des Felsens grenzte.

Alles ging gut. Der Rappe und der Berggeist bestanden die Probe.

Jubel scholl ihnen von allen Seiten entgegen. Fräulein Kunigunde eilte vom Turm hinunter und lief mit ausgebreiteten Armen auf Rübezahl zu. „Baron Ulrich von Hohenwiesen“, rief sie, „Ihr seid würdig, mein Gemahl zu werden!“

Der Jubel schwoll an.

Rübezahl blieb auf seinem Rappen sitzen. „Komm nicht näher, Kunigunde“, sagte er kalt. „Du wirst nicht meine Gemahlin, du bist mir zu häßlich.“

Das Fräulein taumelte zurück, als ob es einen Schlag bekommen hätte. Ihr Gesicht war totenblaß. Rund um sie war eisige Stille.

„Du bist mir zu häßlich“, wiederholte der Berggeist und gab seinem Rappen die Sporen. Das Pferd wieherte grell, setzte über die Burgmauer und verschwand mit seinem Reiter in der Tiefe.

„Er hat gesiegt und sich trotzdem das Genick gebrochen“, murmelte der Burggraf. „Armer Junge.“

„Ich bin ihm zu häßlich“, stöhnte Fräulein Kunigunde. „Das soll mir niemand mehr sagen!“ Sinnlos vor Scham und Zorn stürzte sie sich von der Mauer in den Tod.

Über der Burg kreisten Raben.

Nicht für Rübezahl. Sein Rappe setzte ihn auf sicherem Boden ab und wurde wieder zur Köhlerstange. Der Berggeist fuhr in sein unterirdisches Reich zurück. Er war zufrieden, weil er sich erstens - wie er meinte - für die Demütigung durch Prinzessin Emma an einer anderen Frau gerächt hatte; zweitens, weil er die Rettung des verrückten Barons für ein gutes Werk hielt.

*

So erzählte es mir ein Mann aus Schreiberhau (polnisch Szklarska Poreba). Seine Frau hatte mit zugehört. Jetzt sagte sie: „Daß es bei euch Männern immer um Kopf und Kragen gehen muß! Meine Mutter hat mir das Ende der Sage anders erzählt.“

„Das weiß ich“, brummeltete ihr Gatte, „aber ich hab’ es von meinem Großvater, der es vom Urgroßvater hatte.“

„Ich würde das andere Ende trotzdem gern wissen“, sagte ich und hörte den zweiten Schluß.

*

„Ihr seid mir zu häßlich,“ hatte Rübezahl zu der wunderschönen Kunigunde gesagt und war davongeflogen. Zutiefst beleidigt eilte sie in ihr Schlafgemach, betrachtete sich im Spiegel und erschrak. Ein faltiges Gesicht starrte ihr entgegen, die Haare waren grau geworden.

So blieb es am anderen Morgen und in den nächsten Tagen.

Da trat sie in ein Kloster ein und blieb dort als Büßerin bis zum Ende ihres Lebens.

Der Burggraf heiratete noch einmal. Seine zweite Gemahlin war energischer, als seine erste und Fräulein Kunigunde zusammen gewesen waren.

Rübezahl und der Mönch

Zu Kunigundes Zeit stand auf der böhmischen Seite des Riesengebirges ein Wallfahrtskloster, zu dem viele Leute aus nah und fern pilgerten. Die Mönche dieses Klosters predigten den Leuten, daß Rübezahl der Satan sei, der als Berggeist gläubige Christen erschrecke. Er könne ihnen jedoch nichts anhaben, wenn sie ein Stoßgebet sprächen, sobald er sie bedrohe.

Das hörte auch Rübezahl. Er ärgerte sich, daß er als Teufel verleumdet wurde, und beschloß den Predigern einen Denkzettel zu verpassen.

Die Gelegenheit dazu bot sich bald.

Zur Schneeschmelze führte die junge Elbe wieder einmal gefährliches Hochwasser. Brücken wurden weggerissen, Felder verwüstet, Häuser am Wasser überschwemmt.

Zu dieser Zeit kehrte ein Mönch des Wallfahrtsklosters von langer Reise zurück. Als das Zuhause schon nahe lag, konnte er nicht weiter. Die reißende Elbe und das überflutete Land versperrten ihm den Weg. Weiterkommen war unmöglich. Selbst den kräftigsten Schwimmer hätte das Hochwasser in den Tod gerissen, und der Pater konnte nicht schwimmen.

Es ging auf den Abend zu.

Der Mönch sandte ein Stoßgebet zum Himmel - und das Wunder geschah. Am jenseitigen Ufer erschien ein riesiger Fährmann mit einem festen Boot. Er winkte dem Mönch zu und ruderte mit kräftigen Schlägen heran. Dazu mußte er unheimliche Kraft haben denn der Kahn triftete keinen Fußbreit ab.

Genau vor dem Mönch legte der Fährmann an. „Steig ein!" rief er mit Donnerstimme.

„Vergelt's Gott", sagte der Mönch, doch das hörte der andere nicht. Das Rauschen der Fluten übertönte den Dank.

Mit kräftigen Ruderschlägen trieb der Fährmann das Boot voran. Krampfhaft klammerte sich der Mönch an die Planken, um nicht über Bord gespült zu werden.

Mitten im Strom hielt der Fährmann das Boot an. Es schlingerte gefährlich. „Warum ruderst du nicht weiter?!“ schrie der Pater in Todesangst.

Der Fährmann lachte so laut, daß er das Tosen des Wildwassers übertönte. „Ich bin der Herr des Riesengebirges!“ rief er mit Donnerstimme. „Der Berggeist, den ihr Mönche als Satan verhöhnt!“

„Was willst du mit mir tun?!“ jammerte der Mönch.

„Deine Seele zum Teufel schicken, damit du merkst, daß ich nicht der Satan bin!“ grollte der Berggeist und warf das Ruder ins Wasser.

*

Als Schluß der Sage gibt es - wie in der Kunigunden-Erzählung - zwei Versionen.

Die erste stammt von den Mönchen:

Eine Flutwelle ergriff den Kahn und schleuderte ihn hoch. Hohnlachend sprang Rübezahl ins Wasser, wuchs zu dreifacher Größe und stapfte dem Ufer zu.

In höchster Not, behaupteten die Mönche, habe der verzweifelte Mitbruder den lieben Gott und alle Heiligen um ihren Beistand angefleht.

Da sei Rübezahl zum Teufel geworden und in Feuer und Schwefeldampf zur Hölle geflogen.

Der fromme Mönch sei trockenen Fußes über das Wasser gegangen und wohlbehalten im Kloster angekommen.

Soweit die erste Version.

Die zweite, nicht so gruselige, wird von weniger Frommen erzählt.

Dort heißt es, daß Rübezahl zu dreifacher Größe wuchs, den Mönch an der Kutte packte und sicher ans Ufer trug. Dort habe er den Pater angeknurrt: „Ich hab' es mir anders überlegt. Verschwinde und sag deinen Kumpanen, daß ich nicht der Satan bin! Und daß ich mich furchtbar rächen werde, wenn einer von euch mich noch einmal als Teufel verteufelt!"

Dann habe er dem Kuttenmann einen Fußtritt verpaßt und sich in Luft aufgelöst.

Ob die Mönche die Drohung beherzigten, ist nicht überliefert.

*

Das Kloster soll im Dreißigjährigen Krieg zerstört worden sein.

Der Apotheker auf der Tanne

Zu allen Zeiten wuchsen im Gebirge heilkräftige Kräuter, Wurzeln und Beeren, die von Kundigen gesammelt wurden. Kräuterweiber und Wurzelmänner hießen die Sammler im Riesengebirge. Sie verkauften ihre Ware an Ärzte und Apotheker. Manche erzählten, daß sie gespenstische Erscheinungen gesehen hätten, hinter denen bestimmt der Rübezahl gesteckt war. Ganz besonders hätte er bei stürmischem Wetter getobt.

Von solchen Erscheinungen sprachen im Jahre 1540 an einem Sonntagabend die Herren eines Stammtisches in der Stadt Trautenau (heute Trutnov). Ein berühmter Gast saß bei ihnen: der Arzt und Naturforscher Theophrastus Bombastus von Hohenheim, besser bekannt als Doktor Paracelsus, dem Zauberkräfte nachgesagt wurden. Er war ins Riesengebirge gekommen, um Heilpflanzen zu suchen, die es nur in „Rübezahls Garten“ gab, wie die Leute behaupteten. Kein Wunder, daß die Herren über den Berggeist redeten. Paracelsus hörte aufmerksam zu.

Der Apotheker von Trautenau, der auch zum Stammtisch gehörte, war ein Spötter. Er behauptete, daß er nur das glaube, was er mit eigenen Augen sehen und mit seinen Händen anfassen könne. „Den Rübezahl, verehrter Doktor Paracelsus, gibt es nicht“, sagte er. „Der Berggeist ist eine Erfindung zorniger Mütter, die ihre unartigen Kinder damit erschrecken.“

Der Besitzer einer Glashütte widersprach: „Es gibt Dinge zwischen Himmel und Erde, die menschlicher Verstand nicht fassen kann. Mein Glas ist zerbrechlich, deshalb bin ich vorsichtig und möchte den Berggeist nicht erzürnen.“

Einige Herren nickten ihm zu. Paracelsus schwieg.

Der Apotheker trank einen Schluck aus seinem Humpen,

wischte sich den Mund ab und sagte: „Was es nicht gibt, kann mir nicht schaden. Ich werde morgen ins Gebirge steigen und ‚Rübezahl!' in den Wald schreien."

„Diesen Spottnamen zu rufen ist lebensgefährlich", warnte der Glasherr. „Da versteht der Berggeist keinen Spaß."

Der Apotheker lachte. „Es gibt ihn ja nicht. Wie sollte mir ein Nichts den Hals umdrehen? Wer von euch Herren kommt mit?"

Niemand wollte.

„Dann geh' ich allein", spottete der Apotheker. „Zum Beweis, daß ich im Gebirge war, werde ich eine Nieswurz mitbringen, die es nur im Dörrengrund gibt. Den soll der Berggeist angeblich besonders eifersüchtig bewachen." Er wandte sich an Paracelsus. „Wollt Ihr mich vielleicht begleiten, verehrter Doktor?"

Paracelsus winkte ab. „Ich gehe morgen mit meinem Diener auf einem anderen Weg in die Berge. Meine Pläne stehen fest, da gibt es kein Ausbrechen."

Der Apotheker verabschiedete sich bald darauf. Von Rübezahl wurde am Stammtisch nicht mehr gesprochen.

*

In dieser Nacht schlief der Apotheker unruhig. Am Morgen fühlte er sich müde und wie zerschlagen.

„Jetzt erst recht!" knurrte er, wusch sich kalt und wanderte kurze Zeit später dem Dörrengrund zu. Niemand begegnete ihm. Die Sonne schien, kein Wölkchen zeigte sich am Himmel.

Auf einer Waldlichtung blieb der Apotheker stehen. Plötzlich kam ihm die Ruhe, die um ihn war, nicht recht geheuer vor und im Magen spürte er ein eigenartiges Kribbeln. Er sah sich nach allen Seiten um, entdeckte jedoch nichts Verdäch-

tiges. „Unsinn“, brummte er, legte die Hände an den Mund und schrie, so laut er konnte: „Rübezahl! Rüübezaahl!!! Rüüüüübezaaaaahl!!!“

Rasend schnell türmten sich Wolken am Himmel auf und verdeckten die Sonne. „Du Wurm!!!“ dröhnte eine Stimme so mächtig, daß die Erde bebte.

Der Apotheker erstarrte.

Plötzlich stand ein zottiger Riese vor ihm, packte den Entsetzten am Kragen und hängte ihn am Hosenbund an die Spitze der höchsten Wettertanne.

Dann verschwanden der Riese und die Wolken so schnell, wie sie erschienen waren. Die Sonne strahlte vom Himmel und kein Lüftchen wehte.

Vergebens versuchte sich der Apotheker zu befreien. Seine Arme waren wie gelähmt, seine Hilferufe verhallten ungehört. Gegen Abend wurde er heiser, dann versagte ihm die Stimme völlig...

Einen Tag und eine Nacht lang hing der Apotheker an der Tannenspitze. Erst am späten Vormittag befreiten ihn die Herren des Stammtisches, die ihn gesucht hatten.

Über Rübezahl spottete er nie wieder.

*

Paracelsus war inzwischen weitergewandert. Als er später in Harrachsdorf von dem Apotheker auf der Tanne erfuhr, soll er „Ja, ja“ gesagt und dazu geschmunzelt haben.

Schwedische Reiter

Der Dreißigjährige Krieg, der von 1618 bis 1648 dauerte, brachte Verwüstung, Hunger, Tod und unsägliches andere Leid über halb Europa. Angeblich war es ein Glaubenskrieg zwischen Katholiken und Protestanten, in Wirklichkeit ging es den kriegführenden Fürsten um Macht und Geld.

Je länger der Krieg dauerte, desto mehr Städte und Dörfer gingen in Flammen auf, desto grausamer fielen Landsknechte besonders über Bauern her. Sie raubten das letzte Stück Vieh und schafften das letzte Getreide fort. Brand und Tod blieben zurück.

Viele Bauern flohen beim Anrücken der Heerhaufen in die Wälder, um das Nötigste und vor allem das Leben ihrer Familien zu retten. Sie fragten nicht, ob protestantische oder katholische Landsknechte heranzogen. „Ob lutherisch oder papistisch, alle sind Bluthunde“, hieß es im Land, und so war es auch.

Besonders gefürchtet waren die Schweden. Einer ihrer Heerführer war General Oxenstjerna. In einem Lied, das Mütter ihren Kindern damals vorsangen, blieb sein Name erhalten:

„Bet, Kindl, bet.
Morgen kummt der Schwed’.
Morgen kummt der Oxensterna,
wird mei’ Kindl beten lerna.
Bet, Kindl, bet!“

Wie Rübezahl mit schwedischen Plünderern umging, erzählt Ewald Seeliger 1911 in einer Ballade. Ich übertrage sie in die Prosa unserer Zeit.

*

Dreißig Jahre Krieg gingen dem Ende zu. Der schwedische Graf Torstenson hielt die Stadt Hirschberg mit zwölftausend

Landsknechten besetzt. Das Umland war ausgeplündert. Überall - auch den Schweden - knurrten die Mägen.

Doch woher Verpflegung nehmen? Die Dörfer lagen teils niedergebrannt, teils verödet. Weit und breit ließen sich keine Bauern blicken. Die Überlebenden waren in die Wälder geflüchtet und beteten zu Gott, der sie so lange im Stich gelassen hatte, um Hilfe.

Ein Pfarrer, der mit ihnen geflüchtet war und eigentlich ein Mann des Verzeihens und der Barmherzigkeit sein sollte, flehte den Himmel um Strafe für die Mordbrenner an. „Zerschmettere sie, Herr“, betete er, „oder verjag sie wenigstens dorthin, woher sie nie mehr zurückkehren!“ Plündernde Landsknechte hatten seine Eltern und seine Schwester erschlagen...

Torstenson ließ seine Reiter in alle Richtungen ausschwärmen, doch kamen sie meist ohne Beute zurück. Nur hin und wieder entdeckten sie versteckte Vorräte, doch hielten die nicht lange nach. Hunde und Katzen ließen sich in den Gassen der Stadt und in den verlassenen Dörfern kaum noch blicken.

Da hörte der Graf von einem seltsamen reichen Mann, den die Leute Rübezahl nannten. Der hause mit seinen Knechten hoch oben in den Bergen und lebe dort in Saus und Braus. Der General befahl Olaf Gyllenstamm, seinem verwegensten Offizier, mit sechs schweren Lanzenreitern diesen Rübezahl zu überfallen und das Bergnest bis auf das letzte Getreidekorn auszuräumen.

Gyllenstamm und seine Männer galoppierten los. Sie jagten durch Warmbrunn und Hermsdorf, stoben am Zackelfall vorüber und trieben die Gäule zum Riesenkamm hinauf.

In der Wiesenbaude fanden sie den weißhaarigen Wirt. „Wo haust der Rübezahl?!“ fuhr Gyllenstamm den Alten an. „Wo steht sein Hof, und wie viele Knechte sind bei ihm?“

Der Wirt fiel auf die Knie und bettelte um Gnade.

„Red', wenn dir dein Leben lieb ist!" schrie Gyllenstamm und zog den Degen.

„Erbarmen, Herr!" flehte der Alte. „Den Rübezahl und sein Haus hab' ich nie gesehen; und wie viele Knechte ihm dienen, weiß ich auch nicht. Er muß ein Stück weiter von hier auf dem Kamm wohnen." Mit zitternder Hand wies er in den aufziehenden Nebel hinein.

Gyllenstamm versetzte ihm einen Hieb mit der flachen Klinge und winkte seinen Reitern. Sie stoben davon. Der letzte warf eine Fackel auf das Dach der Baude. Es brannte wie Zunder.

Sturm kam auf.

„Mir nach!" schrie Gyllenstamm. „Galopp!" Mit wildem Gelächter stob er voran. Seine Reiter donnerten hinter ihm her. Die Hufeisen der Rosse schlugen Funken aus dem felsigen Pfad.

Wie ein Spuk jagten die Schweden dahin, an den Schneegruben vorbei, die Große Sturmhaube hinauf und ab durch die Mädelsenke. Regen und Hagel peitschten auf sie nieder.

„Vorwärts!" brüllte der tolle Olaf.

Immer dichter wirbelte der Nebel durcheinander.

„Halt!" befahl eine Donnerstimme. Der Nebel lichtete sich vor den Reitern, und aus einem tiefen Abgrund reckte sich Rübezahl als mächtiger Riese empor. Sein rotes Haupthaar und sein roter Vollbart sprühten Funken.

Die Pferde wieherten erschrocken und bäumten sich auf. Die Reiter rissen an den Zügeln. Mit hartem Schenkeldruck zwangen sie die Tiere zur Ruhe.

„Halt!" grollte der Riese noch einmal.

Olaf Gyllenstamm zog den Degen. „Drauf auf den Schurken!" schrie er wütend, gab seinem Pferd die Sporen und sprengte los.

Die Männer folgten ihm. Sie waren gewöhnt, jedem Befehl eines Offiziers blind zu gehorchen.

So flogen sie in den Abgrund, und der Nebel schloß sich über ihnen...

General Torstenson wartete zwei Tage und zwei Nächte auf sie, dann gab er sie verloren. Von Schlesien hatte er jetzt genug. Er zog mit seinem Heer nach Norden und in seine schwedische Heimat zurück.

*

Der wilde Olaf und seine sechs Reiter sind seither zum Geisterdasein verurteilt. Die meiste Zeit verbringen sie in totenähnlichem Schlaf unter der Erde.

Nur einmal im Jahr dürfen sie nach oben. Dann fliegen sie als bleiche Schatten auf ihren Gespensterpferden über den Kamm des Riesengebirges, schnell wie der Sturmwind, der sie begleitet.

In der Ballade heißt es zum Schluß:

„Seh'n kann sie nur ein Sonntagskind
des Abends im späten Dezember
am vierten Quatember.“

Der Wunderstab

Auch die folgende Geschichte soll sich gegen Ende des Dreißigjährigen Krieges zugetragen haben.

Schwedische Reiter hatten einen wandernden Studenten gefangen, der nicht nur Deutsch, Böhmisch und Latein redete, sondern auch die schwedische Sprache beherrschte. Ein solcher Dolmetscher war dem schwedischen Hauptmann sehr willkommen.

Widerwillig ergab sich der Student in sein Schicksal und überlegte vom ersten Augenblick an, wie er fliehen könnte.

Der Hauptmann erriet die Fluchtgedanken. „Hör zu", sagte er zu dem Gefangenen. „Wenn ich mit dir zufrieden bin, werde ich dich wie einen Freund behandeln und dir die besten Leckerbissen auftischen lassen." Dann machte er sein strengstes Gesicht und fuhr drohend fort: „Solltest du jedoch nicht wortgetreu übersetzen, was die Verhörten aussagen, oder gar zu fliehen versuchen, laß' ich dich hängen." Seinen Reitern befahl er, den Studenten dauernd im Auge zu behalten.

Eine Zeitlang verhielt sich der junge Mann unauffällig. Er übersetzte ins Schwedische, was gefangene böhmische Bauern und Handwerker oft unter schweren Mißhandlungen aussagten, und die armen Teufel taten ihm von Tag zu Tag mehr leid. Hin und wieder versuchte er trotz der Drohung des Hauptmanns die erpreßten Geständnisse abzumildern, doch das half kaum. Die meisten Gefangenen kamen aus dem schwedischen Lager nicht lebendig hinaus.

In einer stockfinsteren Nacht versuchte der Student zwei zum Tod verurteilte siebzehnjährige Burschen zu befreien. Die Wächter ertappten sie, und der Hauptmann sagte zu dem Studenten: „Darauf hab' ich gewartet. Morgen mit Sonnenaufgang hängst du."

Der Student wurde an Händen und Füßen gefesselt und in sein stark bewachtes Zelt geworfen.

Doch der Himmel erbarmte sich. Einer der Wächter war dem Verurteilten gut gesinnt, weil der ihm oft Leckerbissen von seinen Mahlzeiten zugesteckt hatte. Der Wächter schenkte den anderen Posten scharfen Schnaps ein. Als diese schliefen, löste er dem Studenten die Fesseln. „Lauf weg, so schnell du kannst", flüsterte er. „In kurzer Zeit muß ich Alarm schlagen, um nicht verdächtigt zu werden."

Der Student drückte ihm die Hand und verschwand im Dunkel der Nacht. Aufs Geratewohl rannte er den Hang hinauf, der ins Gebirge führte. Die Richtung kannte er, doch im Wald verlor er die Orientierung.

Gegen Mitternacht klarte der Himmel auf. Der Student warf sich zu Boden und hielt den Atem an. Er hörte Hufschläge, die rasch näherkamen, und blinzelte in schwachen Fackelschein. Als er vorsichtig den Kopf hob, sah er schwedische Reiter, die der Hauptmann persönlich anführte. Der Flüchtige erkannte ihn an der Stimme.

Gottlob entdeckten ihn die Verfolger nicht und verschwanden im Gehölz. Die Flüche des Hauptmanns verklangen.

Wie lange wird es dauern, bis sie mich kriegen? dachte der Student. Gegen Reiter komm' ich nicht an.

Da fiel ihm Rübezahl ein, von dem ihm die Hauswirtin in Prag erzählt hatte. Obwohl er diese Geschichten für Humbug hielt, sagte er jetzt: „Geist des Riesengebirges, wenn es dich gibt, dann hilf mir."

Er hatte das letzte Wort kaum ausgesprochen, als ein Mann vor ihm stand; so plötzlich, als ob er aus der Luft gekommen sei. „Du hast mich gerufen", brummte er. „Was willst du von mir?"

Der Fremde war wie ein Bauer gekleidet. Seine Haare und sein Bart sahen verstrubbelt aus, seine Augen blickten scharf und durchdringend.

„Bist du - Verzeihung - seid Ihr der Herr des Riesengebirges?“ stotterte der Student.

Der andere lachte dröhnend. „Wer sonst? Oder hältst du mich für deine Großmutter?“

Über diesen Vergleich schmunzelte der Student, obwohl ihm nicht fröhlich zumute war.

„Warum hast du mich gerufen?“ fragte Rübezahl.

Der Student erzählte seine Geschichte.

„Soso“, knurrte der Berggeist. „Wieder mal die Schweden.“

„Helft mir“, bat der Student, „bitte.“

„Aber ja“, brummelte Rübezahl, griff in die Luft und hielt einen knotigen Wanderstab in der Hand. „Nimm ihn“, sagte er zu dem Studenten. „Er wird dir über jeden Abgrund und jedes Wasser helfen, bis du in Sicherheit bist. Mach's gut.“

Die Bäume rauschten unter einem Windstoß, und der Berggeist war verschwunden.

Den Studenten überfiel bleierne Müdigkeit. Er schlief ein und erwachte erst am hellen Morgen. Zunächst glaubte er die Begegnung mit Rübezahl nur geträumt zu haben. Dann sah er den Knotenstock neben sich liegen und wurde sehr nachdenklich.

Als er sich weiter umsah, entdeckte er ein Bündel. Darin waren Brot, Speck und eine Flasche Wein.

„Danke, Berggeist“, murmelte der Student, aß und trank, packte den Stock und wanderte weiter. Bald kam er an eine tiefe Schlucht, auf deren Grund ein Wildwasser dahinschoß. Nirgendwo gab es eine Brücke.

Wieder dröhnten Hufschläge. Der Student wandte sich um und erschrak schon wieder. Schwedische Reiter kamen den

Hang herauf. „Dort ist er!“ schrie der Anführer, ein skrupelloser Feldwebel, den der Verfolgte nur zu gut kannte. Die Schweden spornten ihre Gäule an.

„Jetzt hilf, Berggeist!“ rief der Student und hielt den Knotenstock in die Schlucht. Blitzschnell wurde der Stab so lang, daß er auf den Grund des Wildwassers stieß. Und bevor sich' s der Student versah, schwang ihn eine unheimliche Kraft über den Abgrund hinweg und setzte ihn auf der Gegenseite wohlbehalten ab. Der Stock schrumpfte zusammen, der Flüchtige war gerettet.

Von drüben scholl das verwunderte und empörte Geschrei der Verfolger herüber. Sie hatten Mühe, die scheuenden Pferde im Zaum zu halten.

„Danke, Berggeist“, sagte der Student und setzte seinen Weg in die Freiheit fort.

Rübezahls Wunderstab half ihm über weitere zwei Wildwasser und eine Schlucht, an der der Hauptmann mit seiner Horde im Hinterhalt lag. Der Student sprang den Wütenden buchstäblich an den Nasen vorbei.

*

Das Ende der Geschichte ist rasch erzählt.

Den schwedischen Verfolgern, heißt es, ließ Rübezahl Eselsohren wachsen, die erst nach einem Jahr zusammenschrumpften.

Der Student, heißt es weiter, habe den Krieg heil überstanden und sei ein berühmter Professor geworden.

Und Rübezahls Wunderstab?

Der sei nach der Rettung des Studenten ein ganz gewöhnlicher Knotenstock geworden, mit dem niemand mehr große Sprünge machen konnte.

Der wilde Christian

Als Graf Torstenson mit seinem Heer aus Schlesien abzog und in seine schwedische Heimat zurückkehrte, folgten ihm nicht alle seiner Kriegsknechte. Einige, denen das strenge Regiment des Oberbefehlshabers nicht mehr gefiel, verdrückten sich in die Wälder, um - wie sie sagten - ein fröhliches Räuberleben zu führen.

Eine der schlimmsten schwedischen Banden wurde die des wilden Christian. Der war ein Riese von Gestalt, hatte strohblonde Haare und scharte die verwegensten Gesellen um sich. Die Leute im Riesengebirge zitterten schon, wenn sie seinen Namen hörten. Zu fassen waren die Räuber nie. Sie tauchten blitzschnell auf, raubten im Nu und verschwanden so rasch, wie sie gekommen waren. Widerstand brachen sie mit Gewalt...

Es dauerte eine Weile, bis Rübezahl vom Treiben der Bande erfuhr. „Nanu“, brummte er, „da hab’ ich doch erst vor kurzer Zeit dem frechen Olaf und seinen verrückten Kumpanen einen Denkzettel verpaßt. Reicht das den schwedischen Dickschädeln nicht?“ Er beschloß sich zu überzeugen.

An einem nebligen Morgen, der so recht für Überfälle geeignet war, verwandelte er sich in einen Raben und flog über das Gebirge, um die Bande aufzuspüren. Er entdeckte sie an dem einsamen Paßweg, auf dem es immer wieder Überfälle gegeben hatte. Mit dem wilden Christian zusammen waren es neun Mann.

„Das soll ein lustiges Kegelscheiben geben“, krächzte der verwandelte Rübezahl in der Rabensprache.

Die Räuber hörten das Krächzen, verstanden es jedoch nicht. Einer schoß mit der Pistole nach dem schwarzen Vogel.

„Daneben!“ krächzte der Berggeist höhnisch und flog davon.

Kurz darauf wurde aus dem Raben ein vornehmer Kaufherr auf einem prächtigen Rappen. In den Satteltaschen steckten Beutel voll Gold- und Silberstücken. Mit dreimal Fingerschnippen bewaffnete sich Rübezahl bis an die Zähne und ritt los. Dabei pfiff er vor sich hin und gab sich sorglos wie einer, der seinem Mut und seiner Kraft vertraut und keinen Geleitschutz braucht. Als er den einsamen Paßweg erreichte, sang er das alte Landsknechtlied:

„Wir zogen in das Feld,
wir zogen in das Feld,
da hätten wir weder Säckel noch Geld.
Stampede mi!
Alla mi presente, al Vostra Signori!“

(Der letzte Satz ist Kauderwelsch, also „verbeultes Italienisch“ und bedeutet etwa: „Wenn Ihr mich gut bezahlt, steh' ich Eurer Herrlichkeit zu Diensten.“)

Rübezahl sang falsch und laut.

„Bravo!“ rief eine Stimme hinter ihm. „Bravissimo!“

Scheinbar erschrocken riß der Berggeist seinen Rappen herum und starrte in das grinsende Gesicht des strohblonden Christian. Neben diesem grinsten vier andere Räuber, zwei links, zwei rechts. Sie zielten mit schweren Pistolen auf den Berggeist.

Rübezahl stellte sich feige und blickte sich ängstlich um. Dort grinsten weitere vier Gesichter, und vier weitere Pistolen drohten.

„Wenn du dich wehren willst, sag's gleich“, spottete der Anführer. „Dann schießen wir dich vom Gaul, und du hast's überstanden.“

„Bitte nicht!“ jammerte Rübezahl. „Schont mein Leben, edle Herren!“

„Der Geldsack hat gute Manieren", spottete der wilde Christian. „Er nennt uns edle Herren."

„Edle Herren!" riefen die anderen und lachten schallend.

„Aus mit dem Ulk!" befahl der Blonde. „Zur Sache!"

Der Überfallene leistete keinen Widerstand. Er ließ sich vom Pferd zerren und bis aufs Hemd ausplündern. Zum Schluß versetzte ihm der wilde Christian einen Fußtritt. Dann verschwanden die Räuber mit dem Rappen und den Schätzen des Kaufherrn. Barfuß, nur mit seinem Hemd bekleidet, blieb der Ausgeplünderte wie ein Häufchen Elend zurück.

„So einen Feigling gibt's so schnell nicht wieder", spottete ein Räuber. Die anderen gaben ihm recht. Und alle freuten sich über die mühelos eroberte reiche Beute.

Allerdings nicht lange.

Der wilde Christian, der stolz auf Rübezahls Rappen saß, plumpste plötzlich zu Boden und landete in einem Ameisenhaufen. Der Fluch blieb ihm im Halse stecken. Das edle Pferd hatte sich in einen Strohwisch verwandelt, den der Wind davonwehte.

Auch den anderen Räubern blieb die Luft weg. Die prächtigen Kleider des Kaufmanns wurden zu übel riechenden Lumpen, die Gold- und Silberstücke zu Roßäpfeln, die erbeuteten Waffen zu Holzprügeln, die auf die Entsetzten einschlugen.

Vom dröhnenden Gelächter des Berggeistes verfolgt, floh die Bande in panischem Schreck und ließ sich im Riesengebirge nie wieder blicken.

Wie Rübezahl ein Denkmal erhielt

1680 war's, 32 Jahre nach dem Dreißigjährigen Krieg, von dessen Folgen sich die Menschen allmählich erholten. Da lebte im Norden des Böhmerlandes, nahe der schlesischen Grenze, der Kleinbauer Veit. Er wohnte mit seiner Frau und sechs Kindern in einem Dorf am Südhang des Riesengebirges. Der Großbauer Kunz, der reichste Mann im Ort, nannte ihn einen Habenichts und Hungerleider.

Aber das stimmte nicht. Veit besaß ein kleines Haus, einen Stall mit einer Kuh, zwei Ziegen, fünf Hühnern und einem Hahn, eine Scheune, zwei Felder, einen Gemüsegarten und eine Wiese. Das war für Kunz ein Pappenstiel, doch Veit war zufrieden. Wenn die Ernte einmal schlecht ausfiel, verdiente er mit Holzfällen und Steineklopfen ein paar Kreuzer dazu.

Dann wurde alles anders.

Dem Großbauer Kunz fiel ein, daß er Veits kleine Landwirtschaft gut brauchen könnte. Sie grenzte an seinen Besitz; Felder, Garten und Wiese waren ordentlich bearbeitet. „Außerdem kann man nie genug haben", sagte Kunz zu seiner Frau. Sie dachte wie er und gab ihm recht.

Und weil sie schreckliche Geizhälse waren, heckten sie einen ganz gemeinen Plan aus.

An einem Sonntag, als Veit, seine Frau und seine Kinder beim Mittagessen saßen, trat Kunz zu ihnen in die Stube. Breitbeinig pflanzte er sich vor dem Tisch auf, schnupperte und sagte:

„Wie ich rieche und sehe, leistet ihr euch Knödel und Kraut, in dem sogar Speckbrocken sind."

„Am Sonntag gönnen wir uns schon mal ein Stückchen Fleisch" sagte Veit. „Sei unser Gast, Nachbar Kunz."

Der Großbauer winkte ab. „Ich komme nicht zum Essen, sondern um mein Geld zu holen. Ihr habt mich lang genug warten lassen. Jetzt brauch' ich es notwendig - und die Zinsen dazu."

„Welches Geld?" fragten Veit und seine Frau erschrocken.

„Welches Geld?" spottete Kunz und spielte mit seiner goldenen Uhrkette. „Na die tausend Silbertaler, die ich euch vor vier Jahren geliehen habe und von denen ihr mir noch keinen lumpigen Kreuzer zurückbezahlt habt."

„Tausend Silbertaler?!" riefen Veit und seine Frau empört. Die Kinder rückten ängstlich zusammen.

„Tausend Silbertaler mit vierhundert Talern Zins dazu", knurrte Kunz. Er griff in die Tasche, holte einen Zettel heraus, faltete ihn auf und hielt ihn Veit unter die Nase. „Da ist der Schuldschein, den du unterschrieben hast."

Veit riß ihm das Papier aus der Hand und las, daß er vom Großbauer Kunz tausend Silbertaler geliehen und sich verpflichtet hatte, sie nach vier Jahren mit vierhundert Talern Zins zurückzuzahlen.

„Heut' sind die vier Jahre um", sagte Kunz. „Also rück das Geld raus. Was einer unterschrieben hat, muß er einlösen."

„Ich hab' nichts geliehen und nichts unterschrieben!" rief Veit empört. „Die Unterschrift auf dem Wisch ist gefälscht!" Er zerriß den Schuldschein in kleine Stücke.

Kunz lachte spöttisch. „Was du zerrissen hast, armseliger Kleinhäusler, ist nur die Abschrift. Den richtigen Schuldschein hab' ich zu Hause. Der ist nicht nur von dir unterschrieben, sondern auch von zwei Zeugen. Die waren dabei, als ich dir die tausend Silbertaler auf den Tisch zählte."

„Welche Zeugen?!" fuhr Veits Frau den Großbauer an.

„Herr Raffzamm, der Gutsverwalter des Grafen Boleslaus",

antwortete Kunz, „und der Schreiber Nimmsgern vom Amtsgericht in Reichenberg."

Veit lachte bitter. „Wieviel hast du ihnen für diesen Schurkenstreich bezahlt, Kunz?" fragte er mühsam beherrscht. „Jeder weiß, daß der Verwalter des Grafen für Geld alles tut, und daß der Nimmsgern für gute Taler jede Gemeinheit unterschreibt." Dann konnte er sich nicht länger zurückhalten. Er packte Kunz an den Schultern und beutelte ihn. „Was willst du wirklich von uns, du Haderlump?!"

Der Großbauer schüttelte ihn ab. „Mein Geld", sagte er kalt, „oder deine Bude mit allem, was drumherum ist. Ich geb' dir Zeit bis morgen früh. Wenn du dann bezahlst, ist alles erledigt. Allerdings bekomm' ich morgen hundert Silbertaler mehr, weil dann das fünfte Zinsjahr begonnen hat." Er schneuzte sich laut, wünschte guten Appetit und ging.

Veit schlug mit der Faust auf den Tisch. „Es muß doch noch eine Gerechtigkeit in unserer Welt geben!" rief er. „Gottlob hab' ich Freunde im Dorf, die mir bezeugen werden, daß ich keinen Kreuzer von Kunz geliehen hab'!"

„Ich weiß nicht", sagte seine Frau. „Aber versuch's in Gottes Namen."

„Sollen wir dem Kunz die Fenster einschmeißen?" fragte der älteste Junge. „Wir machen es so, daß uns niemand sieht."

„Jaaa!" riefen die anderen Kinder.

„Nein", sagten Vater und Mutter.

Veit ging ins Dorf und kam enttäuscht zurück. Seine Freunde hatten viel zuviel Respekt vor dem Großbauer Kunz und seinen Fürsprechern beim Grafen und im Amtsgericht. Mit diesen Herren wollte es keiner verderben.

An diesem Abend gingen Veit, seine Frau und die älteren Kinder traurig schlafen. Nur der kleine Wenzel war fröhlich.

Er träumte von einem freundlichen Riesen, der ihm einen Silbertaler zuwarf. Davon kaufte er auf dem Jahrmarkt so viel Türkenhonig, daß er Bauchweh kriegte.

*

Weil der Kleinbauer Veit am nächsten Morgen nicht bezahlen konnte, ließ ihn der Großbauer Kunz vor Gericht schleppen. Dort half es dem Angeklagten gar nichts, daß er bei Gott und allen Heiligen schwor, von Kunz keinen Kreuzer geliehen zu haben. Der Verwalter Raffzamm und der Gerichtsschreiber Nimmsgern schworen dagegen.

Dem Raffzamm hatte Kunz hundert Silbertaler versprochen, dem Nimmsgern fünfzig. Ob er auch den Richter bestochen hatte, blieb geheim.

Jedenfalls glaubte der Richter den anderen, verurteilte Veit und entschied: „Da du die eintausendfünfhundert Silbertaler nicht bezahlen kannst, gehören dein Haus mit Stall, Scheune, Vieh, Garten, Feldern und Wiese dem Großbauer Kunz." Dann schlug er mit dem Hammer auf den Gerichtstisch und fuhr fort: „Sei dankbar, Veit, daß dir der ehrenwerte Kunz eine Köhlerhütte im Gebirge schenkt, dazu eine Ziege aus deinem Stall, damit deine Kinder Milch bekommen. Mit Kohlenbrennen kannst du viel verdienen, wenn du fleißig arbeitest."

Kunz, Raffzamm und Nimmsgern grinsten zufrieden. Der Richter zwinkerte ihnen verstohlen zu.

Veit biß die Zähne zusammen. Er nahm seine Frau bei der Hand und ging mit ihr, um das Wenige, das ihnen geblieben war, in die halbverfallene Köhlerhütte zu bringen.

*

Veit lernte Holzkohlen brennen, die ältesten Kinder halfen ihm, so gut sie konnten.

Doch es war wie verhext. Kein Mensch im Tal konnte Veits

Kohlen brauchen. Kein Gerber nahm ihm die Rinden ab, die er von Baumstämmen geschält hatte. Niemand wollte die von den Kindern gesammelten Beeren und Pilze. Kein Händler kaufte den Ziegenkäse, den Veits Frau besser zubereitete als andere.

Schuld an allem war der Großbauer Kunz. Er hatte ein schlechtes Gewissen und wollte Veit und dessen Familie sehr weit weg haben. Sooft er sie sah, fühlte er sich schäbig, und das Herz klopfte ihm. Deshalb forderte er die Leute im Dorf und in den umliegenden Orten auf, Veit und dessen Sippschaft nichts abzukaufen. Und weil die Leute den Großbauer und seinen Geldsack fürchteten, ließen sie Veit im Stich.

Da war bald Hunger in der Köhlerhütte. Zu allem Unglück verendete auch noch die Ziege. Die Kinder bekamen große, hungrige Augen, wenn die Mutter am Morgen das Brot verteilte. Von Tag zu Tag wurde es weniger.

Da sagte Veits Frau eines Abends: „Wenn es doch wahr wäre - das mit dem Rübezahl."

„Was meinst du damit?" fragte Veit.

„Ich hörte es von meiner Großmutter", antwortete die Frau. „Rübezahl, der Berggeist des Riesengebirges, soll armen Leuten geholfen haben; aber ich weiß nicht, wie man ihn ruft. Rübezahl ist sein Spottname. Wer ‚Rübezahl' schreit, kriegt Prügel oder noch Schlimmeres. Das erzählte meine Großmutter."

„Und wo haust er?" fragte Veit.

„Eine Wegstunde hinter unserer Köhlerhütte beginnt sein Zauberreich", sagte die Frau. „Auch das weiß ich von meiner Großmutter. Sie kannte den Köhler, der vor uns hier lebte. Er hat ihr vom Berggeist erzählt."

„Rübezahl", murmelte Veit. „Wenn er uns helfen würde, tät' ich die Prügel gern einstecken."

„Besser wär's, ihn nicht zu reizen", warnte die Frau. „Er

soll ein Riese sein und mit einer Köhlerstange zuschlagen, die so lang wie ein hochgewachsener Fichtenstamm ist."

Veit überlegte lange, dann sagte er: „Na wenn schon, ich versuch's."

Am nächsten Morgen stieg er ins Gebirge, weit in die Zauberwelt des Berggeistes hinein. Je länger er wanderte, desto mulmiger wurde ihm zumute. Er war nicht feige und hätte gegen jeden Raufbold seinen Mann gestanden, aber Rübezahl war ein Riese und noch dazu ein Geist! Wenn Veit an die Fichtenstange dachte, traten ihm Schweißtropfen auf die Stirn.

Im Wald war es friedlich. Die Sonne schien durch die Baumwipfel und die Vögel jubilierten.

„Reiß dich zusammen", sagte Veit zu sich selbst. „Ich muß ja nicht den Spottnamen Rübezahl schreien." Und er überlegte, wie er den Berggeist rufen sollte.

„Berggeist" natürlich - oder noch besser „mächtiger Berggeist" - vielleicht „gnädiger Berggeist" - oder „Herr des Gebirges" - oder ...

Er fand so viele Namen, daß ihm der Kopf brummte.

Am späten Vormittag erreichte er eine Lichtung, die von sturmzerzausten Fichten gesäumt war. An der Nordseite ragte ein Fels bis zu den Wipfeln der Bäume hinauf. An seinem Fuß leuchtete es rot, weiß und grün in den Strahlen der Sonne. Das waren Fliegenpilze im Moos.

Von einem Baum herunter sang ein Gimpel: „Fiudelier fiudelier - fiudelier!"

Veit verstand: Versuch es hier - versuch es hier - versuch es hier!"

„Ja - also dann", sagte er, legte die Hände an den Mund und rief: „Herr des Gebirges, ich bitte dich um Hilfe!" Er rief es in alle Richtungen.

Nur das Echo antwortete ihm. Der Berggeist ließ sich nicht blicken.

Veit rief und rief, dann wurde er zornig. „Gibt es dich vielleicht gar nicht?!“ schrie er in den Wald hinein. „Oder bist du taub geworden?!“

„...worden...worden...worden...“, antwortete das Echo und verklang.

Veit wurde wütend. „Heee, Rübezahl!!“ schrie er so laut, daß sich seine Stimme überschlug. „Rüüüüübezaaaaaaaaaaaahl!!!“

Da bogen sich die sturmzerzausten Fichten unter einem gewaltigen Windstoß. Veit hielt sich an einem abgesplitterten Baumstamm fest, um nicht davongewirbelt zu werden.

Ein schrecklicher Riese stand plötzlich vor ihm, hoch wie ein Kirchturm, verrußt wie ein Köhler, zottig wie ein Bär, weil er Fellkleider trug; mit fuchsroten wirren Haaren, fuchsrotem Vollbart und gefährlich glühenden Augen. Er schwang einen Baumstamm und grollte mit Grabesstimme: „Elender Wurm, du hast mich mit meinem Spottnamen verhöhnt! Das sollst du mit deinem Leben büßen!“

Veit zitterte am ganzen Körper und stotterte in Todesangst: „Bitte, mächtiger Berggeist - hört mir zu. Nur - nur in höchster Not rief ich - den Namen, der Euch zornig macht. - Aber - aber sonst wärt Ihr doch - nicht erschienen, und - meine Geschichte ist traurig, mächtiger Berggeist.“

„Traurig?“ grollte der Riese und ließ den Baumstamm sinken.

„Sehr traurig”, versicherte Veit.

„Dein Glück, daß ich traurige Geschichten gern höre“, knurrte der Berggeist und machte sich etwas kleiner. „Ich war auch einmal traurig - damals, als Prinzessin Emma mit einem anderen davonritt.“ Er stieß den Baumstamm auf den Boden. „Erzähle! Doch wehe dir, wenn deine Geschichte nicht traurig genug ist!“ Er setzte sich auf einen Baumstumpf und starrte Veit mit seinen glühenden Augen an.

Veit erzählte von seiner Familie, von Kunz, Raffzamm, Nimmsgern und dem Urteil des Richters. „Jetzt ist auch noch unsere Ziege verendet“, schloß er verzweifelt. „Ihr, mächtiger Berggeist, seid unsere letzte Hoffnung.“

„Was willst du von mir?“ fragte der Riese.

„Vielleicht - hundert Silbertaler“, antwortete Veit zögernd. „Nur für drei Jahre, dann zahl’ ich sie mit Zins zurück. Ich werde vom frühen Morgen bis in die späte Nacht hinein arbeiten, das versprech’ ich Euch.“

Der Berggeist strich sich den Bart.

„Bitte“, bettelte Veit.

Rübezahl erhob sich, warf den Baumstamm zur Seite und brummte: „Komm mit.“ Auf sein Fingerschnippen öffnete sich der Fels. Rübezahl schrumpfte ein, bis er Veit nur noch um zwei Köpfe überragte, und ging in die Höhle. Veit kniff die Daumen ein und folgte ihm.

Nach siebenundsiebzig Schritten im Dunkel erreichten sie eine unterirdische Kammer. Als Rübezahl eintrat, strahlte helles Licht aus vielen hundert Edelsteinen von der Decke herunter.

Der Berggeist wies in eine Ecke und sagte zu Veit: „Nimm, soviel du brauchst. Dann unterschreibst du einen Schuldschein, und nach drei Jahren zahlst du mir das Geld mit Zinsen zurück.“

Veit sah in der Ecke eine Truhe stehen. Als er den Deckel hob, war sie bis zum Rand mit Silbertalern gefüllt. Veit stand wie geblendet.

„Greif zu“, sagte der Berggeist. „Ich lege inzwischen Papier, Feder und Tinte bereit.“

Veit nahm hundert Taler aus der Truhe, keinen mehr und

keinen weniger. Dann unterschrieb er Rübezahls Schuldschein.

„In drei Jahren, auf den Tag genau, sehen wir uns wieder", sagte der Berggeist. „Merk dir den Zugang zu dieser Lichtung und den Fels genau. Ich bin ein strenger Gläubiger und rate dir, pünktlich zu zahlen."

Bevor sich Veit bedanken konnte, stand er draußen zwischen den Fliegenpilzen. Der Fels hatte sich geschlossen, Rübezahl war verschwunden.

Veit glaubte zu träumen, aber die hundert Silbertaler waren da. Veit trug sie in einem Lederbeutel bei sich. „Danke, Herr des Gebirges!!" rief er, so laut er konnte.

„Schoguuu!" rief eine Wildtaube in der Nähe. „Schoguuu!"

„Schon gut", verstand Veit, stieg ins Tal hinunter und kaufte im erstbesten Kramladen Brot, Hirse und Milch.

War das ein Jubel, als er damit nach Hause kam! Mutter kochte Hirsebrei, in dem der Löffel stecken blieb, und alle wurden pumpsatt.

*

Segen lag auf den Silbertalern des Berggeistes.

Veit baute seine Köhlerhütte und die Meiler zu einer großen Holzkohlenbrennerei aus. Und wieviel Geld er auch immer bezahlte - Rübezahls Taler wurden nicht weniger.

Die Leute, die bisher nichts von dem armen Schlucker Veit gekauft hatten, kamen wieder zu ihm. Bald bezogen viele Glasbläser im Riesengebirge ihre Holzkohlen nur noch von Veit; und ihr Glas wurde besser als vorher.

Zwei Jahre nach der Begegnung mit Rübezahl eröffnete Veit eine eigene Glashütte.

Am selben Tag brachten Pilzsammler den Großbauer Kunz auf einer Bahre nach Hause. Ein Blitz aus heiterem Himmel hatte ihn gestreift.

Kunz erwachte zwar wieder, konnte jedoch den Daumen, den Zeige- und Mittelfinger seiner rechten Hand nie mehr bewegen. Diese drei Finger hatte er vor Gericht zum falschen Schwur gegen Veit erhoben. Kurz darauf brannte sein Hof bis auf die Grundmauern nieder.

Eine Woche später verunglückte Raffzamm, der Verwalter des Grafen Boleslaus, auf einer Jagd im Gebirge. Als er einen Rehbock schießen wollte, glitt er auf einem glitschigen Stein aus und stürzte so unglücklich, daß er die Sprache verlor und nur noch Zeichen gab.

Einen sprachlosen Verwalter konnte Graf Boleslaus nicht brauchen. Er entließ Raffzamm und überreichte ihm zum Abschied eine Dankurkunde für treue Dienste. Raffzamm verschwand aus dem Riesengebirge und kehrte nie mehr zurück.

Ein halbes Jahr danach brach sich der Gerichtsschreiber Nimmsgern das linke Bein, als er in Rübezahls Zauberreich edle Steine suchte. Das Bein heilte nicht, obwohl der beste Doktor von Reichenberg daran herumkurierte. Da war es aus mit dem Dienst beim Amtsgericht. Als ehemaliger Schreiber galt der einst so gefürchtete Nimmsgern gar nichts mehr. Sogar seine Frau nörgelte an ihm herum und nannte ihn einen unnützen Menschen.

Den Richter, der Veit verurteilt hatte, strafte Rübezahl noch seltsamer. Als der hohe Herr im Gebiet des Berggeistes spazieren ritt, zauberte ihm dieser sieben große Warzen ins Gesicht.

Sooft sie der Doktor auch wegschnitt, sie wuchsen gleich wieder nach. Ganz Reichenberg spottete über den Warzenrichter. Da gab er den Dienst auf, zog sich in die Einsamkeit zurück und lebte von seiner Pension.

*

Alles was Veit begann, geriet ihm zum besten. Er wurde ein wohlhabender Glasherr.

Seine Leute arbeiteten gern für ihn, denn er behandelte sie freundlich und bezahlte ihnen anständige Löhne.

*

Als die drei Jahre vergangen waren, zogen Veit, seine Frau und seine Kinder ihre Feiertagskleider an, um bei Rübezahl einen guten Eindruck zu machen.

Veit steckte hundert Silbertaler und fünfzehn Taler Zins in einen Lederbeutel. So viel mußte er dem Berggeist zurückgeben, das stand auf dem Schuldschein.

Sie setzten sich in eine Kutsche und fuhren ins Gebirge. Weil es da oft steil bergan ging, wurde die Kutsche von vier starken Pferden gezogen. Veit, seine Frau und seine Kinder rückten zusammen, und die kleinsten Kinder fürchteten sich. Auch dem Kutscher war nicht wohl zumute. Er atmete auf, als ihn sein Herr in der Nähe einer Waldlichtung anhalten ließ.

„Hier ist es", sagte Veit zu Frau und Kindern. „Steigt aus."

Die Lichtung war von sturmzerzausten Fichten gesäumt.

An der Nordseite ragte ein Fels bis zu den Wipfeln der Bäume hinauf. Am Fuße des Felsens leuchtete es rot, weiß und grün in den Strahlen der Sonne. Das waren Fliegenpilze im Moos.

„Erschreckt nicht, wenn er erscheint", flüsterte Veit den Kindern zu. „Er tut euch nichts." Dann legte er die Hände an den Mund und rief: „Herr des Gebirges, ich bringe, was ich Euch schulde, zurück!"

„...zurück", antwortete das Echo, „...rück...rück...rück..."

Der Berggeist ließ sich weder hören noch sehen.

„Heee!" rief Veit. „Ich will meine Schuld bezahlen!"

„...zahlen...zahlen...zahlen...zahlen...", wiederholte das Echo.

Veits Frau und die Kinder drängten ängstlich zusammen.

Der Berggeist kam nicht.

„Gehen wir fort“, flüsterte die Frau. „Mir ist unheimlich zumute.“

Wenzel, Veits jüngster Sohn, deutete in den Wald hinein und rief: „Dort ist ein Riese mit einem roten Bart!“

Doch da war niemand, so sehr die anderen auch spähten.

„Gehen wir“, drängte die Frau.

Veit schüttelte den Kopf. „Ich muß meine Schuld zurückzahlen“, sagte er entschlossen, legte die Hände an den Mund und rief: „Rübezahl! - Hee, Rüübezaaaahl! - Ich bin da, der Veit mit deinen Talern!! - Heeee, Rüünübezaaaaaaahl!!“

„...zaaaaaahl“, rollte das Echo zurück. „...zaaaaaahl... zaaaaaahl...zaaaaaahl....“

„Er wird uns alle vernichten“, stöhnte die Frau. Die Kinder klammerten sich an Vater und Mutter.

Plötzlich rief der kleine Wenzel: „Sieh mal, Vater, dort fliegt was!“ Obwohl nicht der leiseste Windhauch wehte, flatterte ein Blatt Papier heran. Veit fing es auf und erkannte den Schuldschein, den er vor drei Jahren unterschrieben hatte.

Das Blatt war durchgerissen. Unter Veits Unterschrift hatte Rübezahl geschrieben: „Zu Dank bezahlt. Lebt wohl.“

Veit ließ dem Berggeist ein Denkmal errichten. Es zeigt Rübezahl als ruppigen Köhler, aber seine Augen blicken freundlich und sein Mund lächelt.

*

Im Riesengebirge stehen noch einige Rübezahldenkmäler, vor allem auf der böhmischen Seite. Eines der schönsten ist der 1892 erbaute Rübezahlbrunnen in Trautenau.

*

Riesengebirge und Rübezahl gibt es übrigens auch in der Nähe von Nürnberg, genau gesagt in Neuhof an der Zenn. Emil Gernt, ein Unternehmer aus Trautenau, ließ ein altes Gasthaus am Marktplatz zum stimmungsvollen „Hotel-Restaurant Riesengebirge“ umbauen. Darin erinnern monumentale Bilder, Reliefs und Glasmosaiken an den Berggeist „von drüben“.

Das Rübezahldenkmal steht dicht beim Hotel. Aus mächtigem Granit meißelte Wilhelm Hager 1978 Brunnen und Figur. Der klobige Berggeist kniet auf einem Sockel im Wasser. Den linken Arm hält er über dem Kopf, als ob er in die Ferne spähte, aus der rechten Hand sprudelt Wasser wie aus einer Quelle.

Wem ein kräftigeres Wässerlein lieber ist, der stärke sich nebenan mit „Rübezahls Kräutergeist“.

Blaue Flämmchen

Daß der unverschuldet in Not geratene Veit mit Rübezahls Hilfe reich geworden war, sprach sich herum, obwohl Veit seiner Frau und seinen Kindern verboten hatte, es auszuplaudern. Der kleine Wenzel hatte den Mund nicht halten können. Dann war die Geschichte wie ein Lauffeuer von Haus zu Haus, von Dorf zu Dorf und von Stadt zu Stadt geflogen.

Mit Rübezahls Hilfe wollten jetzt viele reich werden, vor allem Leute, die ehrlicher Arbeit gern aus dem Weg gingen. In ganzen Gruppen zogen sie ins Riesengebirge, um den Berggeist anzubetteln.

Geisterbeschwörer riefen nach ihm, andere brüllten sogar den Spottnamen Rübezahl.

Der Berggeist hörte es sich eine Zeitlang an; doch als immer mehr Taugenichtse und Tagediebe in die Berge strömten, wurde ihm der Lärm lästig. Er beschloß den Störenfrieden Denkzettel zu verpassen.

In einer finsteren Nacht weckte er die ärgsten Goldgierigen mit Wolfsgeheul aus dem Schlaf. Als sie aufsprangen, ließ er um ihr Lager blaue Flämmchen hüpfen.

„Rübezahl gibt uns Zeichen!" rief einer, und die Männer rannten den Lichtern nach. Diese wichen zurück, die Goldgierigen rannten hinterher. Einer, der einem Flämmchen nahe kam, warf seinen Hut darauf, lüpfte ihn vorsichtig und fand eine Kassette darunter.

In seinen Jubelruf dröhnte die Stimme des unsichtbaren Berggeistes: „Trag sie nach Hause, doch öffne sie erst am siebten Tag!"

Das hörten auch die anderen und hetzten um so schneller hinter den Irrlichtern her. Ein Jubelruf folgte dem anderen, bis jeder eine Kassette erbeutet hatte. Noch in derselben Nacht zogen die Beschenkten ab, um die sieben Tage zu Hause abzuwarten.

Als sie dann die Kästchen öffneten, machten sie lange Gesichter. Einige Kassetten enthielten Glasscherben, andere wertlose Steine, wieder andere verrostete Nägel und zwei sogar Schweinemist.

*

Auch andere Goldgierige lockte der Berggeist mit blauen Flämmchen, die plötzlich erloschen. Dann erhellten Blitze das nächtliche Dunkel, und die Männer erstarrten vor Schreck. Sie standen am Rande steil abfallender Felsen, unter denen in der Tiefe Wildwasser brausend dahinschossen.

Und wieder war es stockfinster. Rübezahls Gelächter rollte wie Donner hinterher.

Die Schatzgierigen erlebten furchtbare Stunden bis zum Morgengrauen. Schon nach kurzem Umhertasten rührten sie sich nicht mehr von der Stelle. Wohin sie sich auch gewandt hatten: Immer wieder hatten sie ins Leere gegriffen.

Am Morgen verließen sie Rübezahls Reich und schworen, nie mehr zurückzukommen.

*

Wieder andere Störer vertrieb der Berggeist mit Steinlawinen, Hagelschlag und Erdbeben. Er hetzte Wölfe, Wespenschwärme und Hornissen auf sie, ließ Raubvögel auf sie niederstoßen und Wildbäche zu reißenden Wassern anschwellen.

Das half. Rübezahls Reich geriet so in Verruf, daß kein Mensch mehr ohne Furcht das Riesengebirge durchquerte.

*

Kein Mensch mehr?

Da waren noch der plattnasige Pavel und seine dreizehn Räuber. Die platte Nase hatte Pavel nicht im Kampf abgekriegt, sondern weil er im Suff gegen eine Wand gerannt war.

Nachdem die geprellten Schatzsucher aus dem Riesengebirge verschwunden waren, sagte Pavel zu seinen Kumpanen: „Jetzt holen wir das Gold und Silber vom Rübezahl. Wer einverstanden ist, hebe die Hand; wer nicht, den schieß' ich über den Haufen! Also - wer ist einverstanden?"

Die dreizehn Räuber waren es.

„Ich hab's nicht anders erwartet", sagte der plattnasige Pavel und steckte seine Pistole in den Gürtel zurück. „Am Festtag des Merkurius marschieren wir los."

Die dreizehn Räuber guckten dämlich.

„Merkurius ist der altrömische Schutzgott der Räuber und Diebe", erklärte der Plattnasige. „Aber das wißt ihr Hornochsen nicht, weil ihr kein Latein gelernt habt. Das hab' ich in Prag zwei Jahre lang studiert. Dann haben sie mich aus der Schule hinausgeschmissen, weil ich stärker war als der Lateinlehrer. Der Festtag des Merkurius ist morgen oder in drei Tagen, so genau weiß ich es nicht mehr. Also marschieren wir übermorgen los."

„Jawohl, Hauptmann!" riefen die Dreizehn.

„Wir werden von Rübezahls Schätzen so viel erbeuten, daß wir lebenslänglich wie Grafen und Fürsten prassen und saufen können", versprach der plattnasige Pavel.

Die Dreizehn waren begeistert.

„Hört meinen Plan", fuhr Pavel fort. „Wir verstecken unsere Waffen unter den Mänteln, humpeln wie alte Männer ins Gebirge und jammern so laut, daß es den Berggeist erbarmen muß. Wenn er kommt, werfen wir die Mäntel ab, halten ihm die Pistolen vor die Nase, nehmen ihn gefangen und lassen ihn erst wieder frei, wenn er sich mit Gold und Silber losgekauft hat. Heute Abend werden wir zu Ehren des Merkurius den Kornschnaps vom letzten Überfall trinken. Dann hilft uns der Merkurius bestimmt, weil Kornschnaps sein Leibgetränk ist."

Die dreizehn Räuber ließen ihren Hauptmann hochleben; erstens wegen des raffinierten Planes, zweitens weil sie sich auf den Kornschnaps freuten...

Der Plan - so schien es - klappte bestens. Auf Schleichwegen schwindelten sich die Räuber ins Gebirge. Niemand beobachtete sie, zumindest kein sichtbarer Mensch.

Auf einer kleinen Lichtung nahe Rübezahls Garten begannen sie gottserbärmlich zu stöhnen, daß es einen Stein erbarmen konnte. „Hilf uns, mächtiger Berggeist", jammerten sie, „hilf uns, hilf uns!"

Und schon raschelte es im Gebüsch. „Packt mit einer Hand den Mantel zum Herunterreißen, mit der anderen die Pistole!" zischte der plattnasige Pavel seinen Räubern zu. Dann jammerte er mit ihnen weiter.

Doch nicht Rübezahl erschien, sondern ein Wildschwein. Es blieb vor der Bande stehen und grunzte.

„Verschwinde, du Mistvieh!" schimpfte der plattnasige Pavel und warf einen Stein nach dem Tier.

Wie erschraken die Räuber, als das Schwein mit menschlicher Stimme sagte: „Zuerst ruft ihr mich, dann soll ich verschwinden. Was soll ich denn wirklich?"

„Rübezahl!" riefen zwei Räuber entsetzt. Den anderen, selbst dem plattnasigen Pavel, verschlug es die Rede.

„Ihr wagt es, mich mit diesem Spottnamen zu verhöhnen?!" grunzte das Wildschwein und wuchs zu unheimlicher Größe.

Das war das Ende des raffinierten Planes.

Der plattnasige Pavel und seine Räuber warfen nicht nur die Mäntel, sondern auch ihre Pistolen weg und rannten davon, so schnell sie konnten.

Höhnisches Grunzen folgte ihnen bis an die Grenze von Rübezahls Reich.

Auch diese Geschichte sprach sich herum, weil einer der Räuber den Mund nicht hielt. In einer Kneipe hatten ihn Schnaps und Bier redselig gemacht.

Kurze Zeit später wurde die Bande verhaftet, und das Hohe Gericht machte nicht viel Federlesens mit ihr.

Der Leopard

Noch lange nach dem Dreißigjährigen Krieg zogen Räuber durch die Länder, einzeln und in Banden. Meist waren es entlassene, jetzt brotlose Landsknechte. Sie hatten nichts anderes als das Kriegshandwerk gelernt und raubten und mordeten weiter, wie sie es im Krieg getan hatten.

Auf die Hilfe der adeligen Herren war kaum Verlaß. Meist kamen ihre bewaffneten Knechte erst, wenn die Räuber verschwunden waren. Außerdem stritten viele Fürsten, Grafen und Barone untereinander und vergaßen darüber die Not ihrer Untertanen.

So schlossen sich in den Städten mutige Männer zu Bürgerwehren (Schützenvereinen) zusammen und stellten sich den Plünderern entgegen. Auf dem Lande bewaffneten sich Bauern, die ihre Äcker in Frieden bestellen wollten. Immer mehr Raubgesindel holte sich blutige Köpfe, aber auch mancher Verteidiger bezahlte mit seinem Leben.

Mehr als die Tapferkeit der Bürger und Bauern half die Zeit. Sie ließ auch die stärksten Banditen alt und klapprig werden.

In Städten und Dörfern wuchsen junge Leute heran, gegen die die Überlebenden des Gesindels nicht ankamen. Gefangene Räuber wurden von strengen Richtern ohne viel Federlesens zum Galgen verurteilt.

*

Eine Sage erzählt, was die Bürgerwehr eines Städtchens auf der böhmischen Seite des Riesengebirges mit Rübezahl erlebte.

Anno 1698 war's, fünfzig Jahre nach Kriegsende. In dem Städtchen, von dem hier die Rede ist, bereitete die Bürgerwehr ihre Fünfzigjahrfeier vor. Es sollte ein Freudenfest werden. Für den Sonntag waren ein Dankgottesdienst mit anschließendem

Preisschießen, am Nachmittag allgemeiner Trubel auf dem Festplatz geplant. Ein Tanzvergnügen am Abend sollte die Feier beschließen.

Das Wetter am Sonntag würde sehr schön sein, prophezeite der Kräuter-Wenzel. Er war 91 Jahre alt und konnte sich auf seine Gicht verlassen. Die sagte für die nächsten Tage den schönsten Sonnenschein voraus.

Heute war Freitag. Die Sonne lachte vom Himmel.

*

Und da war Rübezahl.

In der Gestalt eines Leoparden sonnte er sich auf einer Felshöhe, unter der ein Fuhrweg aus dem Gebirge in das Städtchen führte.

Warum der Berggeist den Leoparden gewählt hatte, der überhaupt nicht ins Riesengebirge hineinpaßte? Er wollte sich ganz einfach die Sonne auf den Pelz brennen lassen, und als Pelztier war ihm der Leopard eingefallen.

Die Sonne tat gut. Ringsumher war es ruhig. Rübezahl räkelte sich und schloß die Augen. Und weil er sich in eine große Katze verwandelt hatte, schnurrte er behaglich.

Helles Gelächter riß ihn aus dem schönsten Dösen. Er fuhr auf und sah auf dem Weg unter sich vier Bauersfrauen, die vollgepackte Körbe trugen.

In den Körben waren Butter und Käse für die Bürger des Städtchens. Zur Fünfzigjahrfeier sollte es auch Buttergebäck und appetitliche Käsehappen geben.

Die Bauersfrauen scherzten und lachten miteinander. Rübezahl kannte sie von früher her. „Daß sie immer solchen Krach machen müssen, wenn sie dummes Zeug reden“, knurrte er. Schon wollte er sich zurückziehen, um seine Ruhe zu haben - da stutzte er.

Seine Leopardenschnurrbarthaare sträubten sich, der Leopardenschweif peitschte hin und her.

Da hatte doch eines der Weiber seinen Spottnamen genannt! „Ich hab' heut' nacht vom Rübezahl geträumt", hatte die Unverschämte gesagt. „Er hat so viele Goldstücke über mich ausgeschüttet, daß nur meine Nasenspitze freigeblieben ist."

„Rübezahl als Goldesel", spottete eine andere, und alle vier lachten schallend.

Rübezahl - und Goldesel noch dazu! Das war zuviel für den Berggeist. Er brüllte bösartig und flog in mächtigem Sprung auf den Fuhrweg hinunter. Mitten im Flug pustete er sich zu doppelter Größe auf.

Die Bauersfrauen erschraken zu Tode, als sie das gewaltige Ungeheuer erblickten. Fauchend landete es dicht hinter ihnen. Die Vier rannten kreischend in Richtung des Städtchens davon. Butterstücke und Käse fielen aus den Körben und kollerten den Abhang hinunter.

Darüber mußte der Berggeist so lachen, daß er seinen Groll vergaß. Er kletterte auf die Felsplatte zurück, legte den Kopf in die Vorderpfoten und döste weiter.

*

Schreckensbleich und atemlos kamen die Bauersfrauen in das schon festlich geschmückte Städtchen. In ihren Körben waren nur noch fünf Stückchen Butter und zwei Käselaibchen.

Als sie sich etwas erholt hatten, erzählten sie von dem Untier, das sie bedroht hatte.

„Diese Bestie bringen wir zur Strecke!" rief der Kommandant der Bürgerwehr. „Dann stellen wir sie als Beute auf dem Festplatz aus! Hinterher wird sie ausgestopft, damit sie unseren Ruhm noch vielen Generationen verkündet!"

Das war eine schöne Rede, so recht nach den Herzen der

tapferen Schützen, die lange nicht mehr gegen Räuber gekämpft hatten. Sie luden ihre Musketen, schulterten sie, hängten die Pulver- und Kugeltaschen um, packten die Säbel und marschierten unter dem Kommando ihres Hauptmanns aus dem Städtchen hinaus. Zwei Trommler schritten voraus und trommelten den Marschtakt.

Neugierige, vor allem Kinder, folgten ihnen in sicherer Entfernung.

Die vielen Leute machten weit mehr Krach als die vier Bauersfrauen vorher. Wieder wurde Rübezahl aus seinem schönsten Dösen geweckt. Die Sonne stand zwar schon tief, aber sie wärmte noch immer.

Der Leopard äugte auf den Fuhrweg hinunter und sah die Bürgerwehr samt Anhang heranmarschieren. Die vier Bauersfrauen zeigten den Schützen, wo der Leopard herabgesprungen war.

Laute Schreie gellten.

Die Großkatze auf der Felshöhe hatte sich aufgereckt, wuchs zur doppelten und dreifachen Größe und stieß markerschütterndes Gebrüll aus.

Schreiend wichen die Neugierigen zurück. Nur die Bürgerwehr blieb; doch manchem tapferen Schützen war die Furcht im Gesicht und an den Knien anzusehen.

Der Hauptmann stieß seinen Säbel in die Luft. „Musketen fertig zum Schuß!“ kommandierte er mit lauter Stimme.

Die Schützen stützten die Musketenläufe auf feste Unterlagen, zogen die Kolben in die Schultern und visierten das Ungeheuer auf der Felshöhe an.

Der Leopard stand in majestätischer Größe und bewegte sich nicht.

„Feuer!“ befahl der Hauptmann und ließ den Säbel niedersausen.

Die Schützen drückten ab, die Musketen krachten.

O Schreck!

Statt der tödlichen Kugeln flogen - Wespen aus den Musketen, sammelten sich zu Schwärmen und griffen Schützen und Neugierige an.

Dagegen konnte nicht einmal die tapferste Bürgerwehr bestehen. Der Kommandant, dem Wespen die Nase, das linke Ohr und den Zeigefinger zerstochen hatten, mußte den Rückzug nicht befehlen. Alle flohen von selbst.

Die Wespen folgten ihnen bis zum Stadttor. Dort verwandelten sie sich in bunte Schmetterlinge, die gemütlich davongaukelten.

Das Gelächter des Leoparden folgte den Besiegten. Jetzt begriffen diese, daß sie gegen Rübezahl marschiert waren; denn einen echten lachenden Leoparden gab es bestimmt nicht.

*

Das Jubiläumsfest am Sonntag fand bei schönstem Sonnenschein statt, wie der Kräuter-Wenzel prophezeit hatte. Von Rübezahl wurde kaum mehr geredet.

Da kam er selbst - am Nachmittag - in der Gestalt eines Eseltreibers. Er führte den Grauen auf den Festplatz und verkündete mit lauter Stimme: „Dies ist ein Goldesel, aber nur für kurze Zeit! Zu eurem fünfzigjährigen Jubiläum wird er den ersten fünfzig Männern oder Frauen einen Golddukaten für ein Kupferstück in die Hand sch - nun ja, ihr wißt schon, wie! Herbei, ihr Leute, herbei! In meine Hand euer Kupfer, in eure Hände mein Gold!“

Frauen und Männer drängten heran. Es gab Geschiebe, Schimpfworte fielen, es hagelte Püffe und Stöße. Jeder und jede wollte unter den Fünfzig sein, die Gold für Kupfer erhielten. Vergebens versuchten Besonnene den Eseltreiber als Schwindler zu entlarven.

Scheinbar ging alles mit rechten Dingen zu. Der Eseltreiber kassierte ein Kupferstück, der Kunde hob mit einer Hand den Eselschwanz und hielt die andere Hand darunter.

Schwupp, fiel das Goldstück!

Echtes Gold! Das stellten sogar Zweifler fest und drängten ebenfalls heran.

„Fünfzig!“ rief der Eseltreiber schon nach kurzer Zeit. Dann verschwand er mit seinem Grautier unheimlich schnell.

Die Glücklichen, die ihr Goldstück sofort umsetzten oder wechseln ließen, durften sich weiterhin freuen. Die anderen machten lange Gesichter. Am Abend verwandelte sich jeder Golddukaten in Eselmist.

*

Jetzt dürfte wohl klar sein, warum die Sage den Namen des Städtchens verschweigt.

Es ist übrigens reizend, und kein Besucher muß fürchten, daß hier seine D-Mark oder Tschechenkronen in Eselmist verwandelt werden. Das versicherte mir der Mineralien- und Antiquitätenhändler Miroslav Votruba.

Bissige Zeiten

Hin und wieder hatte Rübezahl „bissige Zeiten“. Da ärgerte und erschreckte er Leute, die durch sein Gebiet zogen, und schadete ihnen böse. Dabei machte er keinen Unterschied zwischen ehrlichen und schlechten Menschen.

Wenn die Erschrockenen schreiend davonliefen und sich die Verprügelten und Gestürzten jammernd am Boden wälzten, lachte der Berggeist, daß es ihn schüttelte. In diesen Tagen war er ein Dämon. Da machte es ihm Freude, das Menschengewürm zu quälen, das immer häufiger seine Ruhe störte.

Wenn die bissigen Tage vorbei waren, tat er Notleidenden Gutes und half Bedrängten...

Darüber unterhielten sich vier Männer im schlesischen Schmiedeberg (heute Kowary) am Wirtshaustisch: ein Apotheker, ein Wagenschmied, ein Glashändler und ein fremder Kaufmann, der erst am Nachmittag nach Schmiedeberg gekommen war.

„Rübezahl ist unberechenbar“, sagte der Glashändler.

„Wie wir Menschen“, behauptete der Apotheker. „Wer von uns hat nicht gute und schlechte Seiten?“

„Rübezahl hat sie zehnmal so heftig“, warf der Wagenschmied ein.

„Weil er ein Geist ist“, sagte der Apotheker.

„Die Geschichten von eurem Berggeist sind ja wohl Märchen“, meinte der fremde Kaufmann. „Wer jetzt, anno 1702, noch an Gespenster glaubt, ist entweder ein Kindskopf oder ein Angsthase.“

„Ohooo!“ protestierten die anderen.

Der Kaufmann winkte ab. „Ich will niemanden beleidigen, aber ich glaub’ diese Phantastereien nicht. Oder hat einer von Euch, verehrte Herren, ein Abenteuer mit Rübezahl erlebt?

Der Glashändler, der Apotheker und der Wagenschmied sahen einander an, und der Glashändler antwortete: „Ja, ich."

„Und ich", sagte der Schmied.

Der Fremde bestellte Wein für jeden. Die Vier stießen an. Der Kaufmann lehnte sich in seinen Stuhl zurück. „Bitte", sagte er, „ich höre."

Der Glashändler begann. „Mein Abenteuer mit Rübezahl ist knapp zwei Jahre her. Und ich danke allen guten Geistern, daß ich mit halbwegs heiler Haut und nicht zu großem Schaden davongekommen bin." Er trank einen Schluck Wein und atmete tief.

„Ich höre", sagte der fremde Kaufmann noch einmal.

Der Glashändler räusperte sich und erzählte seine Geschichte.

*

Es war an einem düsteren Montag im Juni. Am Himmel standen dicke Wolken. Feiner Nieselregen machte das Wetter noch unfreundlicher.

Dem Glashändler paßte es. „Bei diesem Hundewetter geht kein Räuber aus seinem Schlupfwinkel", sagte er zu seiner Frau. „Da hole ich gutes böhmisches Glas ohne Gefahr über die Berge."

Er legte eine dicke Plane auf seinen Wagen, spannte die robustesten Pferde ein und nahm vorsichtshalber zwei bewaffnete Reiter mit.

Ins Böhmische kamen sie ohne Zwischenfälle. Mit gutem Glas machten sie sich auf den Rückweg.

Es regnete stärker. Die Reiter schimpften, weil ihnen das Wasser zum Kragen hineinlief.

Auf dem Gebirgskamm, der Grenze zwischen Böhmen und Schlesien, geschah es.

Aus dem Dunst tauchte eine riesige Gestalt auf und hob einen Baumstamm zum Schlag. Die Pferde scheuten. Der Glashändler bemühte sich, die Tiere zur Ruhe zu bringen. „Schießt!“ schrie er den Reitern zu.

Noch immer sagte der Riese kein Wort. Er blieb wie festgewurzelt stehen und drohte mit dem Baumstamm.

„Schießt doch!“ krächzte der Glashändler. Die Reiter zogen die Pistolen, zielten mit zitternden Händen auf den Riesen und drückten ab.

Dann ließen sie die Waffen fallen, rissen ihre Pferde herum und galoppierten zurück. Unheimliches war geschehen. Die Kugeln hatten getroffen - und waren durch den Körper des Riesen wie durch Nebel hindurchgegangen!

Jetzt lachte der Dämon dröhnend und ließ den Baumstamm dicht vor dem Gespann niedersausen. Da gab es kein Halten mehr für die Zugpferde. Sie wieherten grell, stiegen hoch, donnerten mit den Vorderhufen auf den Fuhrweg nieder und zogen mit einem barbarischen Ruck an.

Mehr bekam der Glashändler nicht mit. Er war vom Wagen gestürzt, den Abhang hinuntergekollert und bewußtlos liegen geblieben.

Als er aus der Ohnmacht erwachte, kümmerten sich seine Reiter um ihn. Das Gespenst war verschwunden. Es habe höhnisch gelacht, erzählten die Reiter, und „Lumpiges Menschengewürm!“ gerufen.

Da wußte der Glashändler, daß ihm Rübezahl den bösen Streich gespielt hatte.

Der Schaden hielt sich in Grenzen. Die Zugpferde und der Wagen mit dem wertvollen Glas waren nicht abgestürzt, sondern nur an die gegenüberliegende Felswand gestoßen. Die Verletzungen der Tiere konnte dann der Tierarzt heilen. Vom Glas war etwa die Hälfte zerbrochen. Ein großer Schaden, aber er hätte doppelt so hoch sein können!

Der Glashändler hatte Schrammen und Beulen abbekommen, dazu einen Knöchel- und einen Nasenbeinbruch.

„Unser Doktor hat mich auskuriert“, erzählte er jetzt am Wirtshaustisch. „Den Knöchelbruch sieht man mir nicht an, und an die breite Nase hab’ ich mich gewöhnt.“

„Na dann prost“, sagte der fremde Kaufmann.

Die vier Männer stießen an. Der Fremde bestellte eine neue Runde.

„Jetzt bin ich dran“, sagte der Wagenschmied.

Der Kaufmann nickte ihm zu.

„Also dann“, begann der Schmied, „dann fang’ ich an.“ Und er erzählte.

*

Es war im vergangenen Januar, mitten im tiefsten Winter. Mannshoch lag der Schnee. Wenn Gehwege freigeschaufelt wurden, wehten sie nach kurzer Zeit wieder zu.

Ausgerechnet jetzt mußte der Vorrat an Holzkohlen, den der Schmiedemeister zum Feuern brauchte, zu Ende gehen! Zwar waren jetzt nur wenige Wagenräder mit Eisen zu beschlagen, dafür um so mehr Schlitten mit Kufen.

Notgedrungen machte sich der Schmied auf den Weg zum nächsten Köhler. Sein Geselle begleitete ihn. Schnaufend zogen und schoben sie den großen Kastenschlitten durch den Schnee, weil das einzige Pferd des Meisters nicht eingespannt werden konnte. Es litt an Blähungen und mußte im Stall bleiben. Die Männer brauchten doppelt so lange wie sonst, um zum Köhler zu kommen.

Dort beluden sie den Schlitten und zogen und schoben ihn heimzu.

In einem Hohlweg wurde der Schlitten von einer gespenstischen Kraft festgehalten. Unsichtbare Hände griffen nach den

Kohlen und verstreuten sie in alle Richtungen.

„Packen wir ihn!“ rief der Schmied seinem Gesellen zu und meinte den Unsichtbaren. Die Männer griffen und schlugen wahllos um sich - und bekamen Ohrfeigen verpaßt, daß ihnen die Köpfe dröhnten. Dazu lachte eine Geisterstimme so laut, daß die Felsen am Hohlweg wackelten. Zum Schluß folgten zwei Kinnhaken, von denen der Meister und sein Geselle zu Boden gingen.

Als sie wieder zu sich kamen, sammelten sie mühsam die Kohlen ein, und noch mühsamer brachten sie den Schlitten nach Hause.

„Daß es Rübezahl war, ist sicher“, sagte der Wagenschmied am Wirtshaustisch. „Wer sonst hätte es sein können.“

„Hoffentlich gerate nicht auch ich mit eurem Rübezahl zusammen, wenn ich übermorgen abreise“, sagte der fremde Kaufmann spöttisch.

*

Er kam wohlbehalten zu Hause an. Nur einmal hatte ihm ein Rabe etwas auf den Hut fallen lassen und dazu gekrächzt. Aber das konnte ja wohl kaum der Berggeist des Riesengebirges gewesen sein.

Oder doch?

Rübezahls Garten

Trauriges wird von einem alten Schäfer erzählt. Der war ein treuherziger Mann, tat niemandem Böses und war mit seinem einfachen Leben zufrieden. Seine Schafe führte er auf die Berghänge mit den besten Weideplätzen, denn im Gebirge kannte er sich aus.

Eines Tages saß er auf einem Felsstein und blies auf der Flöte, die er sich selbst geschnitzt hatte. Er spielte Melodien, die ihm gerade einfielen. Die Herde weidete unter ihm am Hang, der Schäferhund hielt sie zusammen.

Da kam ein Herr, dem Aussehen nach ein wohlhabender Stadtmensch, auf den Alten zu. Der Schäfer schätzte ihn auf vierzig Jahre. Er stand auf und grüßte.

„Du spielst schöne Weisen", sagte der Herr zu dem Alten, „so schön traurig. Ich mag traurige Melodien. Würdest du für mich weiterspielen?" Er drückte dem Schäfer einen Silbertaler in die Hand.

Der Alte gab das Geldstück zurück. „Ich spiele gern weiter", sagte er, „aber nicht um Lohn. An dem, was ich spiele, freu' ich mich selber. Mir klingt es nicht traurig, aber Ihr versteht es wohl besser als ich."

Sie setzten sich ins Gras. Der Alte spielte auf seiner Flöte, der Herr hörte zu. Manchmal hob er den Kopf und schloß die Augen, als ob er in die Ferne lauschte.

Nachher ließ er sich aus dem einfachen Leben des Alten erzählen und erfuhr, daß die kleine Herde dem Schäfer selbst gehörte. Der hatte keine Angehörigen, sein Heim war der Schäferkarren. Die strengen Winter verbrachten die Tiere in einer Scheune, die der Alte von einem Bauer gepachtet hatte. Die Miete war niedrig.

„Ich möchte morgen wiederkommen“, sagte der Herr beim Abschied. „Wo finde ich dich dann?“

Der Schäfer beschrieb ihm den nächsten Weideplatz, und der Herr ging mit freundlichem Gruß.

Er kam nicht nur am nächsten Tag, sondern auch in der Folgezeit fast täglich und hörte dem Flötenspiel und den Erzählungen des Alten zu.

Sie wurden Freunde.

Dann gab sich der Fremde als Herr des Riesengebirges zu erkennen.

Der Alte erschrak. Über Rübezahl hatte er einiges Gute, aber viel mehr Schlimmes gehört.

Der Berggeist sah ihm das Erschrecken an und beruhigte ihn. „Ich freue mich über deine Gesellschaft“, sagte er. „Zum Beweis meiner Freundschaft gestatte ich dir, deine Herde bis an die Hecken meiner Gärten weiden zu lassen.“

Er führte den Alten auf saftige Wiesen, die kein Mensch vorher zu betreten gewagt hatte, weil sie zu Rübezahls Gehege gehörten.

„In den Garten dahinter darf keines deiner Schafe eindringen“, warnte der Berggeist. „Wehe dir, wenn das geschähe. Dann wäre ich dein Feind.“

Der Alte bedankte sich und versprach das Verbot zu befolgen.

In Rübezahls Gehege gediehen die Schafe besser als je zuvor. Die Muttertiere warfen gesunde Lämmer, die Herde lieferte die doppelte Wolle und die fetteste Milch, aus der der Alte den besten Schafkäse im ganzen Gebiet machte.

Rübezahl freute sich an der Freude des alten Schäfers und weiterhin über dessen Flötenspiel, das jetzt nicht mehr traurig klang. Der Berggeist hörte es trotzdem gern.

Rübezahls Segen wirkte sich in Talern aus. Der Alte ließ einen stabilen Winterstall für seine Herde bauen, machte den Schäferkarren wohnlicher und gönnte sich Sonntags ein Gläschen Wein.

Zum 80. Geburtstag schenkte ihm Rübezahl Stiefel aus feinem Leder und eine Pelzkappe für den Winter. Der Schäfer bedankte sich mit einem Lied, das er selbst gedichtet und komponiert hatte.

Sie saßen im Schäferkarren, und der Alte sang:

„Der Berggeist des Riesengebirgs
tut mir, dem alten Knirps,
viel Gutes noch und noch.
Er lebe hoch, er lebe hoch!“

„Holperig“, sagte Rübezahl, „aber mir gefällt es.“

*

Drei Jahre später geschah das Schreckliche.

Einige Schafe brachen durch Rübezahls Hecken und weideten in seinem Garten. Der Hund sprang ihnen nach, um sie zur Herde zurückzutreiben. Er kam zu spät.

Rübezahl geriet in geisterhafte Wut, die zehnmal stärker ist als der grimmigste menschliche Zorn. Er ließ Hornissenschwärme auf die Schafe los, die in panischer Angst davonhetzten. Die Hornissen folgten ihnen, bis die meisten Tiere in tödliche Abgründe sprangen. Nur wenige Schafe blieben am Leben.

Dem zu Tode erschrockenen Schäfer, der für kurze Zeit eingenickt war, schrie der unsichtbare Berggeist mit Donnerstimme zu: „Verschwinde und komm nie wieder!“

Der Alte war verzweifelt. Er suchte die überlebenden Schafe zusammen und verkaufte sie einem anderen Schäfer. Dann zog er sich in seinen Karren zurück.

Der Hund alarmierte durch sein Jaulen die Leute im Dorf. Sie fanden den Alten reglos auf seinem Lager und in der Wäschetruhe einen Beutel voller Silbertaler. Auch drei Goldstücke waren darin. Für den Alten ein Vermögen, das er mit Rübezahls Hilfe zusammengespart hatte.

Trotzdem bekam er nur ein Armenbegräbnis. Der Bürgermeister und die Gemeinderäte fanden, daß die Hinterlassenschaft des Verstorbenen zum Wohle des Dorfes verwendet werden sollte.

Dem Sarg, den der Totengräber und sein Gehilfe auf einem Karren zum Friedhof zogen, folgten der Pfarrer, der Gemeindediener, die alte Kräuterliese, der Schäferhund und einige Eichenblätter, die der Wind hinterherwehte.

Die Zeremonie am Grab war kurz. Als die Leute gingen, wirbelten die Blätter wieder auf und verschwanden am Himmel.

Den Schärferhund nahm die Kräuterliese zu sich. Er überlebte sein Herrchen nicht lange.

*

Noch während der Beerdigung berieten der Bürgermeister und die Gemeinderäte, wie sie das Erbe zum Wohle des Dorfes verwenden sollten.

„Nach Abzug der Begräbniskosten bleibt ein schönes Sümmchen übrig“, stellte einer der Männer fest.

Auf dem Tisch vor ihnen lag der Lederbeutel mit den Gold- und Silberstücken darin.

„Ich baue einen größeren Stall“, sagte ein anderer Ehrenwerter. „Da könnte ich ein zinsloses Darlehen brauchen.“

„Für meine Werkstätte“, sagte der Schreinermeister Hobler...

Weiter kam er nicht. Durch das Schlüsselloch in der Tür pfiff ein scharfer Luftzug.

„Na so was“, murmelte der Bürgermeister und strich sein vom Windstoß zerzaustes Haar zurecht. Auch die Gemeinderäte fuhren sich über die Köpfe, denn über jeden war die scharfe Luft hinweggepfiffen.

„Bevor ihr die Beute unter euch Halunken verteilt, solltet ihr sie noch einmal ansehen“, spottete die Stimme eines Unsichtbaren.

„Da-das ist ge-gespenstisch“, stotterte einer der Männer, und alle rissen die Augen auf. Wie gebannt starrten sie auf den Tisch. Dort öffneten unsichtbare Hände den Geldbeutel und schütteten die Gold- und Silbermünzen aus.

„Für euch sind sie nicht bestimmt“, höhnte die Geisterstimme.

Das Geld zerfiel zu Staub, den ein Luftzug durch das Schlüsselloch davonwehte.

Und weiter spottete der Unsichtbare: „Genau jetzt brennen der Schäferkarren und der Winterstall eures verstorbenen Mitbürgers nieder, den ihr so schäbig verabschiedet habt!“

Noch einmal pfiff der Wind durch den Raum, dann war es still.

Rübezahl! dachten die Männer. Keiner sagte es; denn niemand wußte, ob der Berggeist nicht doch noch unsichtbar in der Stube war und jene, die seinen Spottnamen aussprachen, mit Ohrfeigen oder noch Schlimmerem traktieren würde.

Wie Rübezahl arme Leute beschenkte

Auf der Erde war wieder einmal ein wunderschöner Sommertag. Rübezahl verließ sein unterirdisches Reich, verwandelte sich in eine Eidechse und sonnte sich auf einem warmen Stein. Die Wärme tat gut, der verwandelte Berggeist räkelte sich wohlig. „Die nächsten Jahrzehnte werde ich nur noch faulenzen“, sagte er zu sich selbst.

Da störte ihn Lärm. Menschenkinder schrien durchdringend. Rübezahl verwandelte sich in einen Raben und stieg in die Luft. Er flog zuerst in engen, dann in immer weiteren Kreisen herum und spähte auf die Erde hinunter.

Das Geschrei wurde lauter.

„Ich will Erdbeeren haben!“ plärrte eine Knabenstimme, und ein anderes Kind weinte herzzerreißend dazu.

„Dort unter dem Haselstrauch sind ganz große, dicke Erdbeeren“, sagte eine Frau. „Pflück sie dir.“

„Ich mag nicht pflücken!“ heulte der Schreihals. „Du mußt sie mir zupfen! Von dir schmecken sie besser!“ Und er legte eine Lautstärke zu.

„Hör nicht auf ihn, Mutter!“ rief ein drittes Kind. „Wenn er genug geplärrt hat, holt er die Erdbeeren selber.“

Der Schreihals schrie weiter.

Rübezahl entdeckte die Krachmacher. Sie standen auf einer Lichtung im Wald. Es waren eine Frau und drei Kinder. Die Frau war ärmlich gekleidet. Sie sah müde und abgearbeitet aus. Der Schreihals war ein vier bis fünf Jahre alter Junge. Er zerrte an Mutters Rock und plärrte nach Erdbeeren.

Das weinende Kind, ein zwei oder zweieinhalb Jahre altes Mädchen, lag im Arm der Frau. Wahrscheinlich weinte es, weil der Bruder so laut schrie.

Hinter der Frau stand ein älterer Junge neben einem leeren Korb und hielt eine Axt in der Hand. Der Berggeist schätzte ihn auf acht oder neun Menschenjahre.

Immer heftiger zerrte der Schreihals an Mutters Rock, immer lauter schrie er nach Erdbeeren.

Das kleine Mädchen verschluckte sich beim Weinen und bekam einen Hustenanfall. Erschrocken klopfte ihm die Mutter auf den Rücken.

„Ich will Erdbeeren!“ kreischte der Schreihals so zornig, daß sich seine Stimme überschlug.

Wie lange dauert es wohl noch, bis das Weib dem Lümmel eine Tracht Prügel verpaßt, dachte Rübezahl, setzte sich auf einen Baumwipfel und äugte weiter auf die Menschen hinunter.

„Erdbeeren!“ heulte der Bengel. „Erdbeeren, Erdbeeren, Erdbeeren!!“ Er ließ sich fallen und strampelte mit den Beinen. Der ältere Bruder warf die Axt weg, packte den jüngeren an den Schultern und schüttelte ihn. Der Schreihals kreischte um so lauter.

Zum Glück beruhigte sich das Mädchen. Die Mutter setzte es ins Moos, ging zum Haselstrauch, pflückte eine Handvoll Erdbeeren und brachte sie dem Schreier.

Da zuckte Rübezahl zusammen.

Der Bengel schlug seiner Mutter die Beeren aus der Hand und schrie, daß er Fichtenzapfen zum Spielen wolle.

Das wurde der Mutter denn doch zuviel. Um den Dickkopf zum Schweigen zu bringen, rief sie in den Wald hinein: „Rübezahl, Rübezahl! Hol den bösen Buben und friß ihn!“

„Endlich!“ krächzte der Berggeist und war überhaupt nicht beleidigt, daß die geplagte Frau seinen Spitznamen gerufen hatte.

Vor Zorn über den Schreihals hatte er den Spott überhört. Er stieß vom Baumwipfel hinunter, setzte vor dem Haselstrauch auf und verwandelte sich aus dem Raben in einen riesigen Köhler mit brandroten Haaren, rotem Vollbart und großen glühenden Augen. In der rechten Faust hielt er eine Köhlerstange von ungeheurer Länge. Den linken Arm streckte er aus, und mit Grabesstimme grollte er: „Her mit dem bösen Buben, den ich fressen soll!"

Auf der Waldlichtung war es totenstill geworden. Mutter und Kinder starrten den Riesen erschrocken an. Das kleine Mädchen hustete nicht mehr. Der ältere Junge bückte sich nach der Axt, doch seine Hände zitterten so stark, daß er nicht zugreifen konnte. Der Schreihals klammerte sich an Mutters Rock und sagte keinen Pieps mehr.

„Her mit dem bösen Buben!" grollte der Berggeist noch einmal. Seine Stimme dröhnte, als ob sie aus einem Ofenrohr käme.

Die Mutter faßte sich und sagte mit zitternder Stimme: „Verzeiht mir, Herr des Gebirges. Das mit dem Fressen war nicht ernst gemeint. Ich rief Euch nur, um den Kleinen da zum Schweigen zu bringen." Sie lächelte ängstlich. „Seht ihn an, Herr, jetzt ist er ganz still und brav geworden. Das habt Ihr mit Eurem Erscheinen gemacht. Ich dank' Euch dafür. Jetzt dürft Ihr wieder gehen."

„Willst du mich zum Narren halten?!" knurrte der Berggeist.

„Aber nein, Herr!" rief die Frau. „Doch jetzt brauch' ich Euch wirklich nicht mehr."

„Schweig!" donnerte Rübezahl so laut, daß sich die Kinder die Ohren zuhielten und ein Wildschwein, das in der Nähe geschlafen hatte, grunzend davonlief. „Du hast mich gerufen, damit ich deinen bösen Buben fresse!" Er rollte mit den Augen. „Jetzt erinnere ich mich auch, daß du mich mit dem unverschämten Spottnamen beleidigt hast!“ Er stieß die Köhlerstange so heftig auf den Boden, daß die Bäume zitterten und Steine aus den Felsen sprangen. „Zweimal hast du den vermaledeiten Namen in den Wald geschrien, Weib! Und jetzt her mit dem Bengel!“ Er streckte die rußige Köhlerhand nach dem kleinen Jungen aus.

Dieser warf sich zu Boden, drückte das Gesicht ins Moos, hielt die Hände über den Kopf und wimmerte kläglich.

Da kam Leben in die Mutter. Sie raffte einen dürren Ast auf und schlug ihn Rübezahl über die ausgestreckte Hand. Sie schlug so heftig zu, daß der Ast in zwei Stücke zerbrach. „Du wirst mir mein Kind nicht wegnehmen, du Ungeheuer!“ schrie sie den überraschten Berggeist an. Sie sprang an ihm hoch, verkrallte sich in seinen Bart und zerrte daran, als ob sie ihn ausreißen wollte.

Rübezahl war so verblüfft, daß er sich nicht wehrte. Erst als die Mutter seinen Bart losließ, zu Boden plumpste und ihn dabei gegen das Schienbein trat, schüttelte er den Kopf und brummte: „Jetzt reicht’s aber!“

„Mir auch“, japste die Frau. „Mir reicht schon die Angst, die ich um meinen Mann hab’. Macht mir das Leben nicht noch schwerer.“

Rübezahl wurde friedlich, weil er neugierig geworden war. „Was ist mit deinem Mann?“ erkundigte er sich und machte sich klein wie ein Mensch, um besser zuhören zu können.

Der große Junge stellte sich neben die Mutter, als ob er sie beschützen wollte.

„Erzähle, Weib“, sagte Rübezahl. Seine Stimme klang immer noch sehr tief, aber nicht mehr zornig.

Die Mutter schickte die Jungen zum Holzsammeln, setzte sich auf einen Baumstumpf und nahm das Mädchen auf den

Schoß. Der Berggeist setzte sich neben sie und bekam Trauriges zu hören. Je länger die Frau erzählte, desto stärker wurde sein Mitleid mit ihr.

*

Die Frau und ihre Familie bewohnten ein Häuschen im schlesischen Land, dicht am Fuße des Riesengebirges. Der Vater war Glashändler. Er kaufte böhmisches Glas in Gablonz ein, trug es über das Gebirge und verkaufte es in schlesischen Städten und Dörfern. Die Last, die er auf dem Rücken schleppte, wog schwer, der Weg war weit, der Gewinn gering. Trotzdem waren alle zufrieden.

Die Mutter kümmerte sich um den Haushalt, den Gemüsegarten, die beiden Ziegen im Stall, um einige Hühner und den Gockelhahn. Der ältere Junge half ihr dabei.

Sein kleiner Bruder war ein Dickkopf und ein Schlitzohr dazu. Bei Vater spielte er den Braven, die Mutter hatte ihre Not mit ihm. Trotzdem liebte sie ihn genauso wie den Älteren und das kleine Mädchen.

Im vergangenen März war schreckliches Unheil über die Familie gekommen.

Als der Vater mit einer besonders schweren Last über die Berge gestiegen war, fegten plötzlich Schneeschauer über das Land. Es stürmte so heftig, daß der Vater kaum die Hand vor den Augen sah. Schritt für Schritt kämpfte er sich vorwärts. An einer abschüssigen Stelle rutschte er aus, fiel und stürzte den Abhang hinunter.

Zwei Holzfäller, die nach dem Sturm unterwegs waren, fanden den Bewußtlosen, erkannten ihn, legten ihn auf ihren Schlitten und fuhren ihn nach Hause.

Großer Jammer war in der Familie.

Als der Verunglückte aus seiner Ohnmacht erwachte, konnte

er nicht aufstehen. Das rechte Bein und der linke Fuß waren gebrochen.

Der Bader - das war der Dorfdoktor, der nicht nur Hühneraugen herausschnitt und Zähne zog, sondern den Männern und Buben auch die Haare schnitt - konnte nicht helfen. Die Knochen heilten nicht zusammen, die Wunden schlossen sich nicht, die Schmerzen blieben.

Ein richtiger Arzt war für die armen Leute zu teuer. Den berühmten Doktor aus Breslau, von dem die Leute Wunderdinge erzählten, konnten sie sich erst recht nicht leisten.

Das Glas, das Vater im Böhmischen gekauft hatte, war beim Sturz zerbrochen. Und in Mutters Spartopf klimperte nur so viel Kleingeld, daß es für die allernächste Zeit knapp zum Leben reichte.

Der Kranke saß und lag daheim herum. Wenn die Schmerzen nachließen, versuchte er mit Korbflechten etwas zu verdienen.

Nun sah es so aus, als ob er nicht mehr lange leben würde. Der Bader redete von einer bösen Entzündung, die nicht einmal der Breslauer Wunderdoktor heilen könne.

*

„Heute sammeln wir Brennholz“, sagte die Mutter zu Rübezahl. „Ich brauche es nicht nur, um den Herd zu heizen; ich muß auch die Kammer wärmen, in der mein Mann liegt. Selbst wenn die Sonne vom Himmel brennt, friert er und klappert mit den Zähnen.“

Da schrien die Jungen begeistert. Die dürren Äste, die sie gesammelt hatten, flogen in die Höhe, zerbrachen in handliche Stücke und schichteten sich von selbst in den Korb hinein.

Die Mutter begriff, daß Rübezahl ihr helfen wollte. „Danke“, flüsterte sie ihm zu.

Und es ging weiter!

Aus dem Wald schwebten dicke Knüppel heran, zerbrachen in der Luft und füllten den Korb bis zum Rande. Die letzten legten sich quer über den Korbrand und schnürten sich darauf fest.

„Danke“, sagte die Mutter noch einmal.

„Willst du mir deinen Schreihals nicht doch mitgeben?“ fragte der Berggeist. Er lachte, als die Frau erschrocken die Hände hob. „Nicht zum Fressen“, beruhigte er sie, „sondern weil ich ihm mehr bieten kann als du und dein Mann. Überlaß mir den Jungen für zwanzig Menschenjahre, dann wirst du staunen, was ich aus ihm gemacht habe.“

Die Mutter schüttelte den Kopf. „Keines meiner Kinder würde ich hergeben“, antwortete sie, „nicht um alle Schätze der Welt. Ich danke Euch für den Holzzauber, Herr des Gebirges. Und wenn Ihr uns noch etwas Gutes tun möchtet, dann schenkt meinen Kleinen ein paar Kreuzer und hebt mir den Korb auf den Rücken.“

„Nichts da“, knurrte Rübezahl. „Keinen Schreihals für mich, keine Kreuzer für dich. Und deinen Korb heb selber auf.“

„Auch gut“, sagte die Mutter, „dann eben nicht.“

Da war der Berggeist verschwunden. Hoch in der Luft flog ein Rabe davon.

*

Zu Hause staunte der verunglückte Vater, als ein vornehmer Herr in die Stube trat. Er trug einen schwarzen Doktormantel, einen Doktorhut und eine Brille auf der Nase.

Der Kranke saß im Lehnstuhl und hatte nicht die Kraft aufzustehen. Das gebrochene Bein und der gebrochene Fuß waren dick verbunden und schmerzten höllisch.

„Guten Tag“, sagte der Fremde. „Ich bin der Wunderdoktor,

den ihr euch nicht leisten könnt. Ich werde dir trotzdem helfen."

Bevor der Kranke etwas erwidern konnte, schnippte der Fremde mit den Fingern. Da fielen die dicken Verbände ganz von selbst ab, und es tat kein bißchen weh. Die Wunden sahen schlimm aus, doch der Doktor erklärte: „Das bringe ich in Ordnung."

„Aber...", murmelte der Kranke verwirrt.

Der Doktor unterbrach ihn: „Ich gebe dir Tee, der gesundes Blut macht. Den trinkst du täglich dreimal. Deine Knochen werden zusammenheilen, die Wunden werden sich schließen. Damit es schneller geht, lege ich dir Kräuter auf. In Heilpflanzen kenne ich mich aus. Auf die Kräuter lege ich dir Verbände aus Spinnweben und warmem Pech. Wenn du bis zum dritten Vollmond nicht gesund geworden bist, darfst du mich einen Pfuscher schimpfen."

Er griff in die Luft und holte aus dem Nichts eine Flasche heraus. „Da ist der Tee drin", erklärte er dem Kranken. „Er wird nicht weniger, solang du ihn brauchst."

Wieder schnippte er mit den Fingern, und der Patient staunte. Auf einmal trug er am gebrochenen Bein und am gebrochenen Fuß Umschläge aus Kräutern und darüber Verbände aus Spinnweben und warmem Pech.

Dann tat der Tee so gut, daß dem Verunglückten die Augen zufielen. Kurz darauf schlief er in seinem Lehnstuhl ganz tief - zum ersten Mal seit langer Zeit.

*

Schlimm ging es der Mutter auf dem Nachhauseweg. Der Korb mit dem Brennholz darin wurde mit jedem Schritt schwerer.

Zum Glück waren die Kinder brav. Sogar der Schreihals blieb ruhig. Immer wieder sah er sich um, weil er fürchtete, daß ihn der schreckliche Rübezahl packen könnte.

Als die Holzlast immer stärker drückte, ließ die Mutter den älteren Jungen das Schwesterchen an der Hand führen. Kurz darauf brach sie in die Knie. Der Korb war so schwer geworden, als ob nicht Holz, sondern Blei darin wäre.

„Das hat mir Rübezahl eingebrockt", stöhnte die geplagte Frau, setzte den Korb ab und warf die Hälfte der Holzlast weg.

Die Kinder drängten ängstlich zusammen. Jedesmal, wenn sie sich umwandten, glaubten sie einen riesigen schwarzen Schatten zu sehen. Er sah wie ein Bär aus, der mit den Tatzen drohte.

Obwohl jetzt nur mehr die Hälfte Holz im Korb war, wurde dieser schwerer und schwerer. Nach einiger Zeit brach die Mutter zum zweiten Mal zusammen. Wieder verwünschte sie den bösen Rübezahl und leerte den Korb bis auf einen kleinen Rest.

Der ältere Junge hob zwei Holzstücke auf, die Mutter weggeworfen hatte, und sagte: „Sie sehen wie Zwerge mit Zipfelmützen aus. Die nehm' ich mit nach Hause."

Der kleine Bruder bückte sich nach einem Fichtenzapfen, der aus dem Korb gerollt war. „Mit dem spiel' ich daheim", erklärte er und steckte ihn in die Tasche.

Das kleine Mädchen griff nach einem Buchenblatt, das am Korb hing, und sagte, daß es ein Schmetterling sei.

Seufzend nahm die Mutter den Korb auf den Rücken, drohte gegen den Wald und ging heimzu.

Eine Weile später behauptete der ältere Junge, daß seine Holzzwerge immer schwerer würden. Er warf einen weg und versetzte ihm auch noch einen Fußtritt.

„Mein Fichtenzapfen ist auch ganz schwer", sagte der kleine Bruder. „Aber ich schmeiß ihn nicht fort, weil ich stark bin."

Das kleine Mädchen nahm das Buchenblatt bald in die rechte, bald in die linke Hand. Auch dieses Blatt war schwer geworden.

Die Mutter atmete auf, als sie mit den Kindern nach Hause kam. Rübezahl hätte ihnen unterwegs ja noch andere Streiche spielen können.

Vor der Haustür warf sie den Korb vom Rücken. Vier Holzstücke, ein dünnes Reisigästchen, Schuppen von Fichtenzapfen und Spreu fielen heraus.

„Uiii!“ riefen die Kinder.

Holz, Schuppen und Spreu glänzten im Sonnenlicht. Ebenso schimmerten der Holzzwerg, der Fichtenzapfen und das Buchenblatt.

Die Mutter stand starr. „Das - das ist doch - nicht möglich“, stammelte sie glücklich und erschrocken zugleich.

Gerade jetzt ging der Pfarrer am Gartenzaun vorüber. Die Mutter lief zu ihm und zeigte ihm einen Holzsplitter, der aus dem Korb gefallen war.

„Reines Gold!“ rief der Pfarrer. „Woher hast du es?“

„Vom Rübezahl“, erzählte die Frau. „Er hat das Holz in meinem Korb zu Gold gemacht. Den Splitter schenk’ ich Euch, Herr Pfarrer, - und ich bin das allerdümmste Weib im ganzen Riesengebirge, weil ich einen Riesenreichtum weggeschüttet hab’!“

Der Pfarrer bedankte sich und ging kopfschüttelnd weiter.

Hastig raffte die Mutter das aus dem Korb gefallene Gold zusammen, dazu den goldenen Zwerg ihres Ältesten den goldenen Fichtenzapfen des Schreihalses und das goldene Buchenblatt des Töchterchens. Rasch trug sie alles ins Haus - und staunte schon wieder.

Ihr Mann schlief friedlich im Lehnstuhl. Er lächelte im Schlaf, als ob er Lustiges träumte.

Die Mutter verbarg das Gold in einer Truhe. Dann lief sie mit den Kindern in den Wald, um das Holz zu suchen, das sie unterwegs weggeworfen hatte. Sie suchten vergebens.

*

Es reichte dann trotzdem. Rübezahls Goldreste brachten viel Geld ein und machten die Familie wohlhabend.

Der Vater wurde gesund. Um sich bei dem Wunderdoktor zu bedanken, fuhr er mit Frau und Kindern in einer Kutsche nach Breslau.

Dort erfuhren sie, daß der berühmte Wundermann nicht mehr lebe. Er war eine Woche vor dem Tag gestorben, an dem der andere Wunderdoktor zu dem Verunglückten gekommen war.

„Auch der war Rübezahl", sagte die Mutter.

„Danke, Rübezahl", murmelte der Vater.

*

Und allen ging es gut bis an ihr Ende.

Aus dem kleinen Schreihals, erzählt die Sage, soll später ein großer Heilkundiger geworden sein, der vielen Kranken mit seinen Kräuterkuren geholfen habe.

Die Herzwurzel

Auf der böhmischen Seite des Riesengebirges, in der Nähe von Aupa (tschechisch Úpa), liegt neben dem Aupa-Wasserfall Rübezahls Garten. „Rübezahls Zaubergarten“ nannten ihn die Leute in der längst vergangenen Zeit, aus der die Sage erzählt. Wehe den Menschen, die diesen Garten betraten! Drei, die es gewagt hatten, waren nie mehr zurückgekehrt.

Und doch, erzählt die Sage weiter, wagte es wieder ein Mensch; nicht um dem Berggeist zu trotzen, sondern aus Not.

Das war so gekommen:

Ein vornehmer Herr aus Prag war mit seiner Gemahlin, seinem Töchterchen, vier Leibwächtern und acht Dienern in Trautenau eingetroffen und im besten Gasthof abgestiegen. Es wurde gemunkelt, daß dieser Herr, der sich als Kaufmann ausgab, in Wirklichkeit ein österreichischer Fürst sei, der Geld wie Heu habe.

Warum er nach Trautenau gekommen war?

Sein einziges Kind, die kleine Theresa, war unheilbar krank. Die besten Ärzte konnten ihr nicht helfen. Sie wußten nicht einmal, an welcher Krankheit die Kleine litt. Es war ein völlig neues Leiden, gegen das die Medizin von damals kein Heilmittel kannte.

Zufällig hatte ein Diener des hohen Herrn gehört, daß es im böhmischen Riesengebirge einen Zaubergarten gebe, in dem gegen jede Krankheit ein Pflänzchen wachse. Allerdings gehöre der Zaubergarten dem grimmigen Berggeist Rübezahl. Der drehe jedem Unverschämten, der in diescn Garten eindringe, die Nase ins Genick.

„Für unser Kind tun wir alles“, sagten Vater und Mutter.

Ein Hofbeamter, der sich auskannte, empfahl ihnen die Stadt

Trautenau, weil die am günstigsten liege und auch einige Bequemlichkeiten biete.

Die Reise in der Kutsche war lang und beschwerlich. Die kleine Theresa kam kränker als vorher in Trautenau an.

Schon am nächsten Morgen untersuchte der Doktor von Trautenau die kleine Patientin und zuckte die Achseln. „Da könnte nur die Herzwurzel helfen“, meinte er.

„Na und?“ sagte der Vater. „Her damit!“

„Das ist unmöglich“, erklärte der Doktor. „Die Herzwurzel wächst nur in Rübezahls Garten. Den Menschen, der ihn betritt, erwartet der Tod. Ich kenne alle Leute hier und in der Umgebung und weiß, daß keiner von ihnen sein Leben aufs Spiel setzen würde.“

„Dann gehe ich selbst“, entschied der Vater.

Der Doktor schüttelte den Kopf. „Ihr würdet die Wurzel nicht finden. Das könnte nur ein erfahrener Kräutermann.“

Der vornehme Herr versprach Gold und Silber dem, der ihm die Herzwurzel bringe.

Wie der Doktor vorhergesagt hatte, winkten die Kräutermänner ab. Einer sagte offen, was alle dachten: „Das ist mir zu gefährlich.“

Doch da war Hannes, auch ein Kräutermann. Er wurde von den anderen nicht anerkannt, weil er kein Einheimischer, sondern aus Schlesien zugezogen war. Ihm und seiner Familie ging es dreckig, wie die Leute sagten. Er hatte eine kranke Frau und sieben Kinder, von denen eines immer ein Jahr älter war als das nächste.

Als Hannes vom Angebot des Prager Herrn hörte, dachte er: Ich tu's. Seiner Frau verriet er nicht, was er vorhatte.

Er ließ sich bei dem Vornehmen melden, und der Herr versprach eine Belohnung, die Hannes die Rede verschlug. Ein

Goldstück bekam er als Anzahlung. Seiner Frau schwindelte er vor, daß er es im Wald gefunden habe. „Vielleicht hat es mich der Rübezahl finden lassen“, scherzte er, und seine Frau fragte nicht weiter.

Schon am nächsten Morgen brach Hannes auf. Zügig wanderte er in den Aupagrund und am Wasserfall vorbei zu Rübezahls Garten. Dort drückte er beide Daumen und sprach ein Stoßgebet.

Alles blieb ruhig.

Hannes atmete tief und kroch durch die Hecke in den Zaubergarten. Wie die Herzwurzel aussah und wie sie blühte, wußte er aus einem geheimen Buch.

Welch ein Glück!

Dicht hinter der Hecke wuchs das Zauberkraut. Hannes erkannte es an der pupurroten Blüte und den herzförmigen Blättern.

Er kniete nieder, um die Wurzel auszugraben - da wurde er gepackt, hochgehoben und gebeutelt, daß ihm Hören und Sehen vergingen.

Ein grimmiger Riese mit zerzaustem Haar und einem mächtigen Strubbelbart hielt ihn mit der rechten Faust am Kragen. Mit dem linken Zeigefinger, der so lang wie ein Kinderarm war, wedelte er dem Erschrockenen vor dem Gesicht herum, und mit Donnerstimme grollte er er: „Wähle, Erdenwurm, ob ich dich am Fels zerschmettern oder im Wasserfall ersäufen soll!“

„Mächtiger Berggeist, habt Erbarmen“, jammerte Hannes. „Ich...“

Rübezahl unterbrach ihn: „Nichts da! Du bist in meinen Garten eingedrungen und hast den Tod verdient!“

„Ich tat es aus Not, Herr des Riesengebirges!“ schrie Hannes in höchster Angst. „Ich hab' ein krankes Weib und sieben Kinder zu Hause! Wir leiden öfter Hunger, als daß wir satt werden! Da sollte die Herzwurzel helfen!"

Plumps!

Rübezahl hatte den Sünder losgelassen, und Hannes war unsanft auf dem Erdboden gelandet.

„Du hast ein krankes Weib und sieben Kinder?" knurrte der Berggeist. Seine Stimme klang nicht mehr so schroff wie vorher „Erzähle!"

Hannes atmete auf. Hastig berichtete er von der Not zu Hause und daß ihn die anderen nicht anerkannten, weil er ein Zugereister war. Er erzählte von dem vornehmen Herrn, der die Herzwurzel für sein krankes Töchterchen brauchte und ihm, dem Hannes, viel Geld dafür versprochen hatte.

Er erzählte es so verzweifelt, daß Rübezahl Mitleid mit ihm empfand. „Nun ja", knurrte er, „ich bin kein Ungeist. Meinetwegen grab die Herzwurzel aus."

Hannes schnappte nach Luft. „Gro-großmächtiger Be-Berggeist", stotterte er, „ich-ich weiß nicht, wie - wie ich Euch danken soll!"

„Grab die Wurzel aus und verschwinde", brummte Rübezahl. „Aber laß dich hier nie wieder sehen! Es wäre dein Tod!"

Dann löste sich der Riese in Luft auf.

Hannes stand starr. Zuviel war auf ihn eingestürmt. Jetzt konnte er keinen Finger rühren.

„Grab und verschwinde, bevor ich es mir anders überlege!" dröhnte die Stimme des unsichtbaren Berggeistes aus einer Wolke herunter.

Hannes erwachte wie aus einem Traum. Er schnaufte tief. Dann buddelte er in höchster Eile die Herzwurzel aus, steckte sie in seinen Kräutersack und rannte davon, so schnell er konnte.

Erst als ihm die Puste ausging, blieb er schwer atmend stehen. Schnaufend drehte er sich um und rief: „Danke, lieber Berggeist!“ Ein Donnerschlag aus heiterem Himmel antwortete ihm.

*

Da Rübezahl den damaligen Doktoren in der Heilkunde berghoch überlegen war, heilte die Herzwurzel aus seinem Garten das Töchterchen des vornehmen Herrn.

Dieser ließ sich nicht lumpen. Er bezahlte Hannes so gut, daß aus den Hungerleidern wohlhabende Leute wurden.

Und weil sie jetzt Geld hatten, wurden ihre Nachbarn sehr freundlich zu ihnen.

*

Ende der Geschichte?

Aber nein!

So wie die Sage von Fräulein Kunigunde hat auch die vom Kräutermann Hannes zwei Schlußversionen; eine von der böhmischen, die andere von der schlesischen Seite her.

Die schlesische erzählt, daß dem Hannes das gute Leben nicht gut genug war. Er wollte mit Herzwurzeln aus Rübezahls Garten noch größere Geschäfte machen und ein vornehmer Handelsherr werden.

„Ach was“, sagte er zu seiner Frau, „der Rübezahl wird mich auch ein zweites und drittes Mal laufen lassen.“

Diesmal fuhr er mit einer Kutsche ins Aupatal. Nur die letzte Strecke zum Zaubergarten ging er zu Fuß.

Was weiter geschah?

Die Sage berichtet, daß die Pferde die leerc Kutsche nach Hause brachten. Von Hannes hat niemand mehr etwas gehört und gesehen.

*

Das böhmische Ende der Sage läßt den Kräutermann Hannes das Verbot des Berggeistes kein zweites Mal übertreten.

Doch da war der Nachbar Adam. Dem ging es bestens, aber das war ihm nicht gut genug. „Wenn der Hannes durch die Herzwurzel reich geworden ist, kann ich es auch werden“, sagte er zu seiner Frau.

Sie dachte wie er. „Selbstverständlich, Adam“, stimmte sie zu. „Frag den Hannes, wie er zu der Wurzel gekommen ist, ohne daß ihm der Berggeist den Hals umgedreht hat.“

Adam fragte den Hannes im Wirtshaus aus. Nach dem vierten Glas Bier erzählte dieser, was er mit Rübezahl erlebt hatte.

Wenn ich dem Berggeist genauso viel vorjammere wie der Hannes, krieg' auch ich die Wurzel, dachte Adam.

Und wieder gab ihm seine Frau recht.

Adam zog zerlumpte Kleider an, fuhr aber vierspännig ins Gebirge, um schneller zu seinem Reichtum zu kommen...

Hier endet die böhmische Sage ähnlich wie die schlesische, nur daß es um Adam geht.

Auch jetzt brachten die Pferde die leere Kutsche nach Hause. Adam war und blieb verschollen.

Die reichen Vettern

Auch die folgende Sage erzählt von einer unverschuldet in Not geratenen Familie, in der die Mutter krank war und der Vater nicht mehr das zum Leben Nötigste verdiente.

Dem Flickschuster Kaspar war in einer Gewitternacht das Haus abgebrannt. So schnell war alles gegangen, daß Kaspar, seine Frau und seine vier Kinder nur noch das eigene Leben retten konnten. Die Familie war bettelarm geworden.

Ein Nachbar nahm sie für die erste Zeit auf. Weiter unterstützen konnte er sie nicht, weil er selbst - wie alle Leute im Dorf - nur das Nötigste zum Leben besaß.

Kaspar und einige Männer aus dem Ort bauten ein einfaches Holzhäuschen, damit die Obdachlosen ein eigenes Dach über den Köpfen hatten.

Zu allem Unglück begann die Frau zu kränkeln, und Kaspar fand kaum noch Arbeit. Es war ein heißer Sommer, da gingen die meisten Leute barfuß, um ihre Schuhe zu schonen.

Versicherungen gab es damals nicht. Wer krank wurde oder wen ein Unheil traf, der mußte sehen, wie er sich durchschlug. Wer nicht bezahlen konnte, war übel dran. „Wenn du arm bist, mußt du früher sterben“, hieß damals ein Sprichwort.

Kaspar und seine Familie litten Hunger. Am meisten schmerzte es die Eltern, wenn die Kinder sie mit hungrigen Augen anschauten.

Eines Abends sagte Kaspar zu seiner Frau: „Hast du nicht reiche Vettern? Sie wohnen zwar weit weg, aber gottlob hab’ ich gesunde Beine. Vielleicht nimmt mich unterwegs ein Fuhrmann mit. Ich werde die Vettern um ein Darlehen bitten und ihnen versprechen, es mit Zinsen zurückzuzahlen. Mit hundert Talern wär’ uns geholfen. Dann könnten wir uns auch einen

Doktor leisten, der dich gesund macht. - Einer der Vettern wird uns bestimmt helfen."

„Hoffentlich", seufzte die Frau. „Denk daran, daß alle gegen unsere Heirat waren."

„Ich weiß", sagte Kaspar. „Damals war ich ihnen zu wenig vornehm. Aber das ist lange her. Schon der Kinder wegen, denke ich, werde ich nicht vergebens bitten."

„Geh mit Gott", sagte die Frau.

*

Am nächsten Morgen brach Kaspar auf. „Ich werde nicht mit leeren Händen zurückkommen", versprach er und drückte sich die Daumen.

Seine Frau nickte ihm zu.

„Bringst du ein ganz großes Brot mit, Vater?" fragte der achtjährige Stefan.

„Sicher", antwortete Kaspar.

„Und mir eine Puppe, weil meine Puppe verbrannt ist", bettelte die sechs Jahre alte Maria.

„Auch Puppe!" riefen die Zwillinge Anna und Lisa. Sie waren drei Jahre alt und plapperten oft nach, was die ältere Schwester vorsagte.

„Ja", versprach der Vater und verabschiedete sich hastig.

Unterwegs hatte er Glück. Schon kurz hinter dem Dorf nahm ihn ein fremder Fuhrmann mit, der ebenfalls in die Stadt wollte. Er war freundlich zu Kaspar, und während der langen Fahrt erzählte ihm dieser von seinem Unglück und daß er die reichen Vettern seiner Frau um Hilfe bitten möchte.

„Ich habe öfter in der Stadt zu tun", sagte der Fuhrmann, „und ich kenne die Vettern, von denen du gesprochen hast. Sie sind die größten Geizhälse weit und breit. Ich glaube kaum, daß einer dir Geld geben wird."

„Ich will es nicht geschenkt“, sagte Kaspar.

Der Fuhrmann zuckte die Achseln. Von da an redeten sie nur noch wenig miteinander. Eintönig ratterte der Wagen auf der holperigen Straße dahin.

Auf dem Marktplatz der Stadt zügelte der Fuhrmann die Pferde und wies auf eines der größten Handelshäuser. „Dort wohnt der Schlimmste“, sagte er. „Mach's gut.“

Kaspar bedankte sich und ging zu dem Handelshaus. Auf sein Klopfen öffnete ihm ein junger Mann in der Uniform eines herrschaftlichen Dieners. Er musterte den Besucher und fragte hochnäsig: „Was willst du? Der gnädige Herr ist beschäftigt.“

Kaspar schluckte seinen Ärger über den Schnösel hinunter und antwortete gelassen: „Dein gnädiger Herr ist ein Vetter meiner Frau.“

„Oh“, säuselte der Diener und deutete sogar eine Verbeugung an. „Folgt mir, bitte.“

Kaspar trat in eine kostbar ausgestattete Halle und staunte. Eine solche Pracht hatte er sich nur in Fürstenhäusern vorgestellt.

„Wartet hier“, sagte der Diener und verschwand.

Kurz darauf trat ein sehr vornehmer und sehr beleibter Herr ein, musterte den Gast von oben bis unten und erkundigte sich unwillig: „Was willst du?“

Kaspar erzählte von seiner Not und bat um ein Darlehen von hundert Talern, das er mit Zinsen zurückzahlen wolle.

„Hundert Taler?“ stöhnte der Vetter. „Glaubst du, daß ich Geld zum Wegwerfen habe? Ich stecke bis zum Hals in Schulden und suche selbst Leute, die mir Geld leihen. Tut mir leid, Kaspar, daß ich dir nicht helfen kann. Jetzt entschuldige mich, ich muß arbeiten.“

Und schon war der Diener da, der den Unerwünschten auf den Marktplatz hinausschob. Die Haustür fiel zu. Erst jetzt fand Kaspar die richtigen Worte. Er schimpfte wie ein Rohrspatz, aber das hörte der Vetter nicht mehr.

Es ging auf den Abend zu, aber der zweite Vetter wohnte nicht weit weg in einer Seitengasse.

Kaspar hatte Glück, wie er meinte. Auf sein Klopfen öffnete ihm der Vetter persönlich. Er war vornehm wie der erste gekleidet, musterte den Besucher mißtrauisch und brummte: „Ich spende nichts."

Kaspar gab sich zu erkennen.

Der Vetter ließ ihn trotzdem unter der Haustür stehen. „Was willst du?" fragte er mürrisch.

Kaspar erzählte von seinem Unglück und bat um ein Darlehen von hundert Talern für gute Zinsen.

„Du hättest Geld für schwere Zeiten zurücklegen sollen", sagte der Vetter. „Dann könntest du ein schönes neues Haus bauen und deine Familie müßte nicht hungern. Du bist ein schlechter Geschäftsmann, Kaspar." Er zuckte die Achseln und schüttelte den Kopf. „Schlechten Geschäftsleuten leihe ich nicht einmal ein Kupferstück. Geh nach Hause und sieh zu, wie du durchkommst."

Bevor Kaspar antworten konnte, fiel ihm die Tür vor der Nase zu.

Der zweimal Abgewiesene übernachtete im Obdachlosenheim der Barmherzigen Brüder.

Am nächsten Morgen besuchte er den dritten und letzten Vetter seiner Frau. Der wird uns helfen, redete er sich ein - und wurde auch hier abgewiesen. Der dritte Vetter belehrte ihn mit Redensarten:

„Wie man sich bettet, so liegt man", spottete er, und „Spare

in der Zeit, so hast du in der Not.“ Dann schlug auch er dem unwillkommenen Verwandten die Tür vor der Nase zu.

Wie ein Betrunkener taumelte Kaspar davon. Die Leute schauten ihm kopfschüttelnd nach. „Am frühen Morgen schon besoffen“, tadelte ein Mann, und seine Frau sagte: „Was für ein schlechtes Vorbild für junge Menschen.“

Wie Kaspar aus der Stadt hinausgekommen war, wußte er dann selbst nicht mehr. Er schleppte sich auf der Landstraße dahin und war verzweifelt. „Brot und Puppen hab’ ich versprochen“, murmelte er vor sich hin. „Brot und Puppen.“

Dann überkam ihn das heulende Elend. Er setzte sich an den Straßenrand, stützte den Kopf in die Hände, und das Schluchzen schüttelte ihn.

Ein Schatten fiel auf ihn. Kaspar wandte sich um, doch da war niemand.

Der Schatten blieb.

„Wer bist du?“ fragte Kaspar. Er bekam keine Antwort, aber der Schatten verschwand.

„Ich bin verrückt“, stöhnte Kaspar, rappelte sich auf und ging weiter. Immer wieder wandte er sich um, weil er das Gefühl hatte, daß ihm jemand folgte.

Gegen Mittag stieg er ins Bergland. Jeder Schritt wurde ihm zur Qual. Müde schleppte er sich auf eine Felskuppe am Weg, um etwas auszuruhen. Jenseits des Weges fiel der Fels steil zu einer tiefen Schlucht ab.

Eine Eidechse, die sich gesonnt hatte, huschte vor Kaspar davon. „Du hast es gut“, sagte er. „Für dich sorgt der Herrgott. Mich und meine Familie hat er vergessen.“

Die Wut auf die Vettern drängte Kaspar, seinen Zorn hinauszuschreien. Er verwünschte die Hartherzigen, bis sich seine Stimme überschlug. „Nein!“ rief er. „Mit leeren Händen geh’ ich nicht nach Hause!“ Er stand auf, trat an den Abgrund und stöhnte: „Verzeiht mir, aber ich bin am Ende.“ Dann sprach er ein Stoßgebet und stieß sich ab, um in die Tiefe zu springen.

Eine Riesenfaust packte ihn und riß ihn zurück. „So nicht!“ dröhnte eine gewaltige Stimme. „Willst du dein Weib und deine Kinder im Stich lassen, du Feigling?!“ Die Faust schüttelte den Erschrockenen, daß ihm Hören und Sehen vergingen.

„Ich - ich bin nicht feige“, stotterte Kaspar.

Die Riesenfaust setzte ihn auf den Fels zurück. Kaspar blickte zu einem gewaltigen Köhler auf, der so groß war wie die uralte Wetterfichte am Eingang des Tales. „Ich bin - kein Feigling“, stammelte Kaspar noch einmal. „Ich - ich weiß nur keinen Ausweg mehr.“

„Wegen lumpiger hundert Taler?!“ grollte der Riese.

Kaspar lachte gequält. „Lumpige hundert Taler sind ein Vermögen für einen armen Teufel, der sie notwendig braucht und nicht hat. Mein Haus ist niedergebrannt, meine Familie hungert, und reiche Vettern haben mich abgewiesen.“

„Ich weiß es“, knurrte der Riese. „Das meiste hast du selbst mir erzählt.“

„Ich - Euch?“ fragte Kaspar verwirrt.

„Ich war der Fuhrmann, der dich in die Stadt gebracht hat“, erklärte der Riese. „Dann folgte ich dir als Schatten und beobachtete, wie die Vettern dich abwiesen.“

„Oh“, murmelte Kaspar, mehr fiel ihm nicht ein.

„Aufmerksam auf dich und deine Familie wurde ich, als ich eines Morgens die qualmenden Trümmer eures Hauses sah“, fuhr der Riese fort. „Von da an behielt ich euch im Auge.“ Mit drohender Stimme sprach er weiter: „Jetzt hast du mich enttäuscht! Sich aus dem Leben davonstehlen und die Familie in höchster Not zurücklassen ist nicht nur feige, sondern auch gemein! Dein Weib und deine Kinder erbarmen mich. Nicht dir, sondern ihnen zuliebe werde ich euch helfen."

„Wer - wer seid Ihr?" fragte Kaspar furchtsam und erleichtert zugleich.

„Der Herr des Riesengebirges!" dröhnte es von oben herunter.

„Der - der - der Rübe...?" stotterte Kaspar.

„Sprich den Spottnamen nicht aus, du Wurm!" wetterte der Köhler.

„Verzeiht mir, Herr!" rief Kaspar hastig. „Ich - ich wollte Berggeist sagen! Verzeiht mir, - bitte!"

„Der alte Hubert verkauft seine Glashütte zu einem sehr günstigen Preis", brummte Rübezahl besänftigt. „Kauf sie, übernimm die Arbeiter und arbeite dich ein."

„Huberts Glashütte", wiederholte Kaspar mit zitternder Stimme. „Aber - wer leiht mir das Geld?"

„Niemand", knurrte Rübezahl und warf ihm einen Lederbeutel vor die Füße. „Ich schenke es dir. Es ist genauso viel, wie du brauchst. Den Gewinn erwirtschafte gefälligst selbst. Jetzt mach daß du heimkommst!"

Ein Windstoß fuhr über die Felskuppe, und Rübezahl war verschwunden.

„Danke, Berggeist!" rief Kaspar. „Danke!"

Aus der Ferne antwortete leiser Donner.

Kaspar raffte den Lederbeutel auf, blickte noch einmal in den Abgrund und schauderte zurück.

Dann eilte er, so schnell er konnte, nach Hause.

*

Und weiter berichtet die Sage:

Rübezahl hatte großzügig geholfen. Das Geld im Lederbeutel reichte zum Kauf der Glashütte und die Bezahlung der Arbeiter für zwei Jahre. Es reichte, um einen guten Doktor für die kranke Frau zu bezahlen, zum Sattwerden und zu Spielzeug für die Kinder.

Und es lag Segen auf Kaspars Glashütte und auf allem, was er unternahm.

*

Mit den reichen Vettern ging es bergab. In gewagten Spekulationen verloren sie nicht nur ihr gesamtes Bargeld, sondern mußten auch ihre Häuser verkaufen.

Sie verschwanden aus der Stadt, und niemand hörte je wieder von ihnen.

Wie Rübezahl seine Richter narrte

Für gewaltige Aufregung sorgte Rübezahl einst in der schlesischen Stadt Hirschberg. Um 1738/39 soll es gewesen sein.

Wieder einmal hatte der Berggeist sein unterirdisches Reich verlassen, um sich auf der Oberwelt zu vergnügen. Es war ein strahlend schöner Maientag. Die Vögel zwitscherten, die Bäume standen in frischem Grün, die Frühlingsblumen blühten, Schmetterlinge gaukelten in der Luft, Käfer huschten durch Gras und Moos, Hasen und Rehe hopsten in lustigen Sprüngen umher.

Wie so oft hatte sich Rübezahl auch diesmal in einen riesigen Köhler mit roten Haaren, rotem Vollbart und großen glühenden Augen verwandelt und stützte sich auf eine mächtige Köhlerstange. Mit einem einzigen Schritt kam er so weit wie ein Hirsch mit zwei Sprüngen. Wenn er an Abgründe kam, machte er die Köhlerstange noch länger, packte sie mit beiden Händen, stieß sie in die Schlucht hinunter und schwang sich im Sprung hinüber.

Zottige Bären, mächtige Hirsche und ruppige Wölfe liefen vor ihm davon. Dann lachte er, daß es wie Donnergrollen über Berge und Täler rollte.

Plötzlich zuckte er zusammen. Da hatte ein Mensch den Spottnamen „Rübezahl“ gesungen!

Jetzt wieder!

Der Berggeist knirschte mit den Zähnen. Breitbeinig stand er auf einer Felskuppe und spähte ins Tal hinunter. Dort entdeckte er drei Wanderburschen. Einer schwenkte einen Knotenstock und sang so laut, daß der Berggeist jedes Wort verstand:

„Dummer, dummer Rübezahl,
zähl die Rüben noch einmal!
Zähl die Rüben noch einmal,
dummer, dummer Rübezahl!"

Die anderen lachten dazu.

Der wütende Riese bückte sich nach einem Felsbrocken, da verschwanden die Burschen in einem Seitental. Rübezahl verwandelte sich in einen Habicht, flog ihnen nach und fand sie wieder, als sie sich an einer Wegegabelung trennten.

Er folgte dem Unverschämten, der das Spottlied gesungen hatte, nach Hirschberg.

Dort ging der Spötter am späten Nachmittag in ein Gasthaus und fragte den Wirt, ob er hier übernachten könne.

Rübezahl, der sich unsichtbar gemacht hatte, hörte das gern. Unbemerkt, wie er gekommen war, verschwand er aus der Gaststube.

Auf einem Waldweg erspähte er einen elegant gekleideten Herrn. Es war der Steuereinnehmer des Fürsten Jaromir, ein übler Wucherer, der von den Bauern und Handwerkern viel mehr Geld verlangte, als er dem Fürsten ablieferte.

Rübezahl erkannte ihn sofort. Den nehm' ich für meine Rache, dachte er, nahm die Gestalt des Wanderburschen an, der ihn verspottet hatte, und trat dem Reiter in den Weg.

„Mach Platz, Halunke!" schimpfte der Steuereinnehmer und schlug mit der Reitpeitsche zu. Da lag er auch schon in einem Haselstrauch, und sein Pferd galoppierte davon.

Rübezahl war dem Hieb ausgewichen, hatte den Reiter vom Pferd gerissen und in den Strauch geworfen. Da stürzte er sich auf den Überrumpelten, verprügelte ihn, nahm ihm einen Beutel voll Geld ab und steckte ihn in sein Ränzel. Dann band er dem Überfallenen Hände und Füße zusammen, versetzte ihm noch einen Nasenstüber, streckte ihm die Zunge heraus und verschwand.

Der Gefesselte schrie um Hilfe. Vergebens versuchte er die Stricke abzustreifen.

Ganz in der Nähe, hinter hohem Gestrüpp, tat Rübezahl Seltsames. Er warf den Geldbeutel des Steuereinnehmers in die Luft und murmelte: „Flieg dem Handwerksburschen, der mich verspottet hat, ins Ränzel hinein."

Der Beutel verschwand.

Der Gefesselte nebenan jammerte weiter. Seine Stimme wurde heiser.

Rübezahl verwandelte sich in einen gutgekleideten Bürger, dann pfiff er leise. Das Pferd des Steuereinnehmers trabte heran und ließ sich am Zügel nehmen.

„Hilfe!" stöhnte der Überfallene noch einmal. Dann versagte ihm die Stimme und er wimmerte nur noch vor sich hin. In seiner Not versprach er, dem Pastor eine große Spende für die Kirche zu geben, wenn er aus dieser schrecklichen Lage freikäme.

Das Wunder geschah!

Ein gutgekleideter Bürger kam heran und führte das Pferd am Zügel! „Dem Himmel sei Dank", stöhnte der Gefesselte.

Der verwandelte Rübezahl nahm dem Stöhnenden die Stricke ab, gab ihm zu trinken, hob ihn aufs Pferd und setzte sich hinter ihm in den Sattel. „Ihr seid zu schwach, um allein reiten zu können", sagte er. „Ich werde Euch in ein Gasthaus bringen. Dort könnt Ihr Euch stärken und ausruhen."

Der Steuereinnehmer bedankte sich vielmals und fragte den Retter nach dessen Namen.

Rübezahl sagte undeutlich zwei Wörter, die der Gerettete nicht verstand. Dieser war viel zu sehr mitgenommen, als daß er noch einmal gefragt hätte. Während des Rittes döste er vor sich hin.

Rübezahl ritt vor die Herberge, in die der Spötter gegangen war. Da half er dem Befreiten aus dem Sattel, übergab das Pferd dem Hausknecht und verabschiedete sich.

Als der Steuereinnehmer in die Gaststube trat, zuckte er zusammen. „Das ist doch nicht möglich", murmelte er und starrte wie gebannt auf den Tisch in der rechten hinteren Ecke. Dort saß der Halunke, der ihn überfallen und beraubt hatte, mit einigen Burschen zusammen! Er trank Bier und erzählte Späße. Sein Ränzel hing an der Stuhllehne.

Je länger der Steuereinnehmer zu dem Tisch hinüberstarrte, desto fester glaubte er, daß der Handwerksbursch der Räuber war. Wie hätte er ahnen sollen, daß Rübezahl dessen Gestalt angenommen hatte, um den Spötter als Räuber an den Galgen zu bringen.

Ja - das sollte die Rache des Berggeistes sein.

Der Steuereinnehmer humpelte, so schnell er konnte, zum Hirschberger Richter.

Der saß beim Abendessen und ärgerte sich, daß er durch heftiges Pochen an die Haustür gestört wurde. Als ihm sein Diener den Steuereinnehmer des Fürsten Jaromir meldete, schluckte er den zehnten Happen Schweinebraten und seinen Grimm hinunter und gab sich freundlich. Der Steuereinnehmer war ein einflußreicher Mann, mit dem es kein Hirschberger verderben durfte.

„Sechundzwanzig Goldstücke und vierundneunzig Silbertaler hat mir der Räuber gestohlen!" schric der Steuereinnehmer. „Er hat mich verprügelt, an Händen und Füßen gefesselt, mir einen Nasenstüber versetzt und die Zunge herausgestreckt! Jetzt sitzt er im Wirtshaus!" Er schnappte nach Luft und stöhnte:

„Laßt ihn sofort verhaften und an den Galgen hängen!“

„Beruhigt Euch, Verehrtester“, sagte der Richter freundlich. „Darf ich Euch einen Becher Wein anbieten? Bei einem guten Tropfen spricht es sich leichter. Nehmt bitte Platz.“

Der Steuereinnehmer leerte den Becher in einem Zug. Setzen wollte er sich nicht. In aller Eile berichtete er, was geschehen war. „Jetzt laßt ihn hängen!“ rief er zum Schluß. „Sofort!“

Der Richter schickte seinen Diener zum Hauptmann der Stadtwache. Dieser marschierte nach kurzer Zeit mit zehn bewaffneten Stadtknechten an.

„Endlich“, knurrte der Steuereinnehmer.

Der Richter zog seinen schwarzen Amtsmantel über, setzte die schwarze Amtskappe auf und ging mit dem Steuereinnehmer voraus. Der Stadthauptmann und seine Knechte folgten im Gleichschritt.

„Hängen“, knurrte der Steuereinnehmer immer wieder. „Hängen - hängen - hängen!“

Als die Kirchturmuhr die neunte Abendstunde schlug, stürmte die Schar in die Gaststube. Der Steuereinnehmer zeigte auf den Handwerksburschen. „Der ist es!“ kreischte er. „Packt ihn!“

„Nehmt ihn gefangen“, befahl der Richter im Amtston.

Zwei Stadtknechte rissen den Überraschten vom Stuhl und hielten ihn fest. „Was wollt ihr von mir?“ rief er empört und erschrocken zugleich.

„Leugnest du vielleicht, daß du mich überfallen, mißhandelt und beraubt hast?!“ zischte der Steuereinnehmer.

„Über - fallen?“ stotterte der Wanderbursch. „Ich Euch? - Und beraubt?“

„Und die Zunge herausgestreckt!“ fauchte der Steuereinnehmer.

Einige Zecher grinsten. Sie hatten den Steuereinnehmer erkannt und glaubten an einen seiner Schurkenstreiche. Der Handwerksbursch sah nicht wie ein Räuber aus. Ob er dem Steuereinnehmer unbequem war und dieser ihn beiseiteschaffen wollte? Vielleicht hatte ihm der junge Mann wirklich die Zunge herausgestreckt. Die Leute stellten es sich vor und grinsten. Das Zungenblecken vergönnten sie dem Halsabschneider. Ein Grund zum Hängen war es nicht.

„Ihr irrt Euch, Herr!“ rief der Handwerksbursch dem Steuereinnehmer zu. „Ich hab’ Euch nie vorher gesehen!“

„Gesteh!“ befahl der Richter.

Gemurmel war in der Gaststube.

Die Stadtknechte packten ihre Säbel und Pistolen fester.

„Ich habe nichts zu gestehen!“ rief der Handwerksbursch. Wütend wehrte er sich gegen den Griff der Stadtknechte. Die beiden packten um so fester zu. Zwei andere kamen ihnen zu Hilfe.

„Wer bist du?“ fragte der Richter streng.

„Ich heiße Benedikt, bin Schmiedegeselle und nach Hause unterwegs“, antwortete der Handwerksbursch. „Mein Heimatdorf liegt eine Tageswanderung von Hirschberg entfernt. In dieser Schenke will ich übernachten. Ich komme aus Böhmen und hab’ einen weiten Weg hinter mir.“

„Ein Schmied will er sein?“ höhnte der Steuereinnehmer. „Schmiede sind ehrliche Leute, aber der da ist ein Räuber!“ Er riß das Ränzel von der Stuhllehne und keuchte: „Da drin sind meine Goldstücke und meine Silbertaler! Ich habe gesehen, wie er meinen Geldbeutel hineingesteckt hat!“

Die Leute in der Schenke reckten die Hälsc.

Benedikt atmete auf. „Wenn ihr mein Ränzel durchsucht habt, werdet ihr wissen, daß ich unschuldig bin“, sagte er ruhig.

Der Steuereinnehmer öffnete es und schüttete den Inhalt auf

die Tischplatte. Wirt und Gäste lauerten gespannt.

Ganz zuletzt fiel ein prallgefüllter Geldbeutel aus dem Ränzel heraus.

„Das ist er!“ schrie der Steuereinnehmer. „Den hat er mir abgenommen!“ Er riß den Geldsack auf und schüttete die Münzen auf den Tisch. Unter den gierigen Blicken der Zuschauer zählte er sechsundzwanzig Goldstücke und vierundneunzig Silbertaler. „Genauso viele, wie ich dem Richter gesagt habe!“ zischte er Benedikt an. „Willst du immer noch leugnen?“

„Ich - bin unschuldig“, stammelte der Schmiedegeselle. „Ich hab' keine Ahnung, wie das viele Geld in - in mein Ränzel gekommen ist. Ich schwöre es!“

„Ein Meineid!“ rief der Steuereinnehmer empört. „Dieser Räuber schreckt nicht einmal vor einem Meineid zurück!“

„Der Beweis ist erdrückend“, entschied der Richter. „Die Gerichtsverhandlung findet morgen statt.“ Er deutete auf den Angeklagten. „Ins Gefängnis mit ihm!“

„Ich bin unschuldig“, beteuerte Benedikt immer wieder; doch jetzt murmelte niemand mehr für ihn.

Die Stadtknechte banden ihm die Hände auf den Rücken und stießen ihn aus der Schankstube.

„Na also“, sagte der Steuereinnehmer zufrieden.

*

Am nächsten Morgen wurde der Angeklagte vor Gericht gezerrt. Im Gerichtssaal drängte sich das neugierige Volk zusammen. Unter den Zuhörern war auch der mitleidige Bürger, der den Steuereinnehmer befreit und zur Schenke gebracht hatte. Daß es Rübezahl war, ahnte kein Mensch.

Die Verhandlung dauerte nicht lange. Der Hirschberger Richter und seine Beisitzer schenkten Benedikts Beteuerungen keinen Glauben und verurteilten ihn zum Galgen.

Die Zuhörer fanden das Urteil gerecht, obwohl sie den Steuereinnehmer nicht mochten. Doch Raub war Raub, und Räuber wurden gehängt. Das war seit uralten Zeiten so.

Mit den anderen klatschte auch der verwandelte Rübezahl Beifall. Jetzt hatte er sich an dem frechen Menschenwurm gerächt, der es gewagt hatte, ihn, den Berggeist des Riesengebirges, mit seinem Spottnamen zu verhöhnen.

Der Richter gebot Ruhe, dann verkündete er weiter: „Um dem Räuber Zeit zu geben, über seine Sünden nachzudenken und sie zu bereuen, wird das Urteil erst am Morgen des siebten Tages vollstreckt. - Die Verhandlung ist geschlossen."

Benedikt wurde in seine Kerkerzelle zurückgebracht. Die Tür schlug hinter ihm zu und wurde verriegelt. Der unschuldig Verurteilte war mit seiner Verzweiflung allein.

*

Zu Mittag gab der Steuereinnehmer des Fürsten Jaromir dem Hirschberger Richter, dessen Gemahlin und den Beisitzern ein Festmahl im Fürstenzimmer des besten Gasthofs.

„Ich löse ein Gelübde ein, das ich in höchster Not getan habe", erklärte er der Tafelrunde. „Zwar versprach ich eine Spende für die Kirche, wenn ich je wieder freikäme", meinte er lächelnd, „doch wozu der Umweg? Der Pfarrer hätte mein Almosen an Bedürftige verteilt, das steht fest. Seid ihr, liebe Freunde, nicht auch bedürftig?"

Die Gäste schmunzelten, klatschten Beifall und ließen es sich schmecken.

*

Rübezahl verschwand ins Gebirge. Dort wollte er die sieben Menschentage abwarten, die der Richter dem unglücklichen Benedikt zugestanden hatte...

Am Vormittag des fünften Tages verwandelte er sich in einen Luchs, streckte sich auf einer Felsplatte aus und ließ sich von der Sonne wärmen. Dazu schnurrte er behaglich, wie es alle Katzen tun, wenn sie sich wohlfühlen.

Da ging ein Mädchen vorüber, das bitterlich weinte. Es war sehr hübsch, und Rübezahl empfand so etwas wie Mitleid. Er verwandelte sich aus dem Luchs in einen lieben, weißhaarigen Großvater.

Das Mädchen schrie auf, als er plötzlich vor ihr stand. „Aber, aber“, sagte er, „ich tu' dir doch nichts. Warum weinst du an diesem wunderschönen Tag?“

„Ich weine um Benedikt“, schluchzte das Mädchen.

„Benedikt?“ brummte Rübezahl unbehaglich. „Ist er ein Schmiedegesell?“

„Kennt Ihr ihn?“ rief das Mädchen aufgeregt.

„Vielleicht“, antwortete der Berggeist verdrossen. „Wenn er der Benedikt wäre, den ich meine, dann ist er ein verdammter Spötter. Und wenn er dafür an den Galgen kommt, geschieht es ihm recht.“

„Nein!“ stöhnte das Mädchen. „Nein, nein, nein!“

„Bist du seine Schwester?“ fragte Rübezahl.

„Seine Verlobte“, sagte das Mädchen und schluchzte schon wieder.

„Heul nicht“, knurrte der Berggeist etwas freundlicher. „Erzähl mir von Benedikt und von dir.“ Er setzte sich an den Wegrand, und sie setzte sich neben ihn.

„Ich heiße Hedwig“, erzählte sie. „Mein Vater ist Schmiedemeister in einem Dorf, das eine Tageswanderung von Hirschberg entfernt liegt. Benedikt war sein Lehrling. Wir hatten einander lieb und wollten heiraten, sobald er bei einem böhmischen Meister Geselle geworden war. Dann wollte er zurückkehren, und es sollte eine Hochzeit werden, von der die Leute noch lange reden würden. Doch nun, sagen sie, wird er gehängt, weil er den Steuereintreiber des Fürsten Jaromir beraubt haben soll." Wieder weinte sie herzzerreißend. „Mein Benedikt - und jemandem berauben? Wenn ich den Verleumder vor mir hätte, würde ich ihm das Gesicht zerkratzen!"

Großvater Rübezahl rümpfte die Nase.

Das Mädchen schluckte die Tränen hinunter. „Jetzt geh' ich nach Hirschberg, um meinen Benedikt noch einmal zu sehen und ihm zu sagen, daß ich ihn lieb habe und daß ich an seine Unschuld glaube!" stieß sie trotzig hervor.

„Beruhige dich", sagte der Berggeist. „Ich weiß, daß er kein Räuber ist. Und jetzt zerkratz mir das Gesicht."

„Euch?" rief das Mädchen verwirrt.

Rübezahl gab sich zu erkennen und erzählte, wie ihn der Handwerksbursch Benedikt so schwer beleidigt hatte.

Hedwig schüttelte den Kopf. „Nein, Herr Berggeist", versicherte sie, „mein Benedikt wollte Euch bestimmt nicht kränken. Er war froh, nach Hause zu kommen und mich wiederzusehen. Da hat er vor Freude Unsinn gesungen." Sie lächelte Rübezahl schüchtern an. „Verzeiht, Herr, aber - habt Ihr nicht auch eines Mädchens wegen Unsinn gemacht?"

„Meinst du Prinzessin Emma, die mich Rüben zählen ließ?" grollte der Berggeist.

„Seid nicht böse", bettelte Hedwig, „und gebt mir meinen Benedikt wieder. Bitte, Herr Berggeist."

Rübezahl knurrte Unverständliches.

„Bitte", bettelte Hedwig noch einmal und streichelte ihm die Wange.

„Geh heim", brummelte er. „Ich sorge dafür, daß dein Halunke lebendig zu dir kommt." Er verschwand, bevor sich das Mädchen bedanken konnte. Wo er gesessen war, blühte ein Teppich von Maiglöckchen.

Leichten Herzens wanderte Hedwig nach Hause.

*

Am Abend des sechsten Tages wollte ein Kapuzinermönch den armen Sünder Benedikt besuchen, um ihn zu trösten. Als er in die Nähe des Gefängnisses kam, wurde er gepackt und in die Luft getragen. Vor Schreck verschlug es ihm die Stimme, so daß er nicht einmal um Hilfe schreien konnte.

Ein Unsichtbarer hielt ihn mit festem Griff und flog mit ihm aus der Stadt Hirschberg hinaus dem Walde zu. Lautlos flehte der Mönch alle Heiligen um Beistand an. Dann schloß er die Augen und wurde ohnmächtig.

*

In Benedikts Kerkerzelle war es fast dunkel. Durch das winzige verschmutzte Fenster fiel kaum Licht herein. Benedikt lag auf einer Holzpritsche und dachte an Hedwig. „Wenn ich sie nur noch einmal sehen könnte“, murmelte er vor sich hin. „Dann würde ich ihr sagen, daß ich unschuldig bin, damit sie mich in gutem Andenken behält.“

Da kreischte der Schlüssel im Schloß, die Kerkertür wurde geöffnet.

Fackellicht blendete.

Ein Stadtknecht und ein Kapuzinermönch erschienen in der Tür. Der Mönch hatte die Kapuze tief ins Gesicht gezogen.

Der Stadtknecht steckte die qualmende Fackel in einen Mauerring, verbeugte sich vor dem Mönch, verließ die Zelle und sperrte die Tür hinter sich zu.

Benedikt stand auf. „Dann wär’s also soweit“, sagte er müde. „Ihr seid gekommen, Pater, um mich...“

Der Mönch unterbrach ihn: „Red keinen Unsinn! Ich bin der Berggeist, den du verspottet hast!“ Er schlug die Kapuze zurück und funkelte den armen Sünder aus glühenden Augen an.

„Aber - aber das war ja nur - ein Scherz!“ rief Benedikt. „Ich - ich wollte meinen Kameraden beweisen, daß ich - daß ich keine Angst vor Gespenstern habe.“ Er atmete schwer. „Verzeiht mir, Herr des Riesengebirges, bitte!“

„Bedank dich bei deiner Hedwig“, knurrte Rübezahl. „Ich begreife zwar nicht, was sie an dir findet, aber ich konnte ihren Wunsch nicht abschlagen.“

Er schlüpfte aus der Kutte, die er dem echten Kapuziner abgenommen hatte, und warf sie Benedikt zu. „Zieh sie an“, befahl er. „Dann zieh die Kapuze ins Gesicht und geh aus der Zelle, als ob du der Pater wärst.“

Benedikt sah ihn groß an.

„Beeil dich“, brummte Rübezahl. „Vor dem Gefängnistor steht ein Pferd, es wird dich zu Hedwig bringen. Los, mach’ schnell!“

Benedikt warf die Kutte über und zog die Kapuze tief ins Gesicht. Rübezahl schubste ihn zur Zellentür und schlug dagegen.

Der Wächter öffnete, verbeugte sich vor dem Kapuzenmann, sah nur flüchtig auf Rübezahl, der sich in den Gefangenen verwandelt hatte, schloß die Kerkertür und begleitete den vermeintlichen Pater hinaus.

Benedikt fand das Pferd und schwang sich in den Sattel. Das Roß stieg in die Luft, als ob es Flügel hätte, - höher und immer höher. Es trug seinen Reiter dem Dorf zu, in dem Hedwig auf ihn wartete.

Vor dem Haus des Schmiedemeisters setzte es ihn ab, wieherte laut und versank in der Erde.

Hedwig und ihr Vater eilten heraus, und Hedwig schloß ihren Benedikt in die Arme.

Der Schmiedemeister bückte sich nach einem Geldsack, der aus der Satteltasche des Zauberpferdes gefallen war. Der Beutel enthielt Goldstücke und Silbertaler, und ein Zettel lag dabei. Darauf hatte Rübezahl geschrieben: „Verschwindet nach Trautenau, dort seid ihr vor dem Hirschberger Richter und seinen Stadtknechten sicher. Kauft von dem Geld, das ich euch schenke, die Schmiede am Stadtrand. Sie steht seit zwei Jahren leer. Dir, Hedwig, wünsche ich alles Gute. Dir, Spötter Benedikt, dreh' ich den Hals um, wenn du nicht immer lieb zu ihr bist!"

*

In der Kerkerzelle zu Hirschberg hatte Rübezahl die Gestalt des armen Sünders Benedikt angenommen. Der Wächter, der ihm das Abendessen brachte, staunte, wie gelassen der Verurteilte seinem Tod entgegensah.

Am nächsten Morgen staunten die Hirschberger. Als der Verurteilte zum Galgen geführt wurde, war er nicht traurig, sondern übermütig. Zwischen den Stadtknechten, die ihn an Stricken führten, hüpfte er wie ein Spaßmacher, schnitt Grimassen und pfiff vor sich hin.

Einen so vergnügten armen Sünder hatten die Hirschberger noch nie gesehen.

Seltsam, daß der Kapuzinerpater, der dem Verurteilten Trost zusprechen sollte, nicht erschienen war. Darüber wunderte sich sogar der Richter, aber er ließ keinen anderen Geistlichen holen. „Wozu auch?" sagte er zu dem Steuereinnehmer des Fürsten Jaromir. „Ein Delinquent, der wie ein Hanswurst zum Galgen tanzt, braucht keinen geistlichen Beistand."

„Richtig“, antwortete der Steuereinnehmer. „Je schneller der Räuber gehängt wird, desto besser für ehrliche Leute.“

Als das Urteil vollstreckt wurde, schrien die Gaffer erschrocken auf. Am Strick des Henkers zappelte plötzlich ein Strohbüschel, das mit menschlicher Stimme rief:

„Ihr Herren vom Hirschberger Hochgericht,
den Benedikt, den hängt ihr nicht!“

Dann brannte der Strohwisch lichterloh. Gleich darauf brannte der Strick, dann der Galgen. Hoch in der Luft flog ein Rabe davon.

Entsetzt liefen die Leute vom Galgenhügel hinunter. Am schnellsten rannten der Richter und der Steuereinnehmer des Fürsten Jaromir.

*

Der Mönch, den Rübezahl entführt hatte, erwachte in einer einsamen Jagdhütte. Er dankte Gott, daß er mit dem Leben davongekommen war, und wanderte auf beschwerlichen Wegen in sein Kloster zurück.

Dort erzählte er, daß der Teufel ein böses Spiel mit ihm getrieben habe.

Von der köstlichen Wurst, die er in seiner Kutte fand, erzählte er nichts. Die Kutte hatte ihm Rübezahl auf geheimnisvolle Weise zurückgeschickt. Die köstliche Wurst wurde nicht kleiner, soviel der Pater auch davon abschnitt.

*

Die „Huf- und Wagenschmiede Benedikt“ in Trautenau wurde bekannt und beliebt. Meister Benedikt arbeitete besser als manche anderen.

Und Frau Hedwig war eine liebenswerte Meisterin.

*

Der Steuereinnehmer des Fürsten Jaromir verunglückte auf einer Fahrt durch das Riesengebirge. Seine Kutsche kippte um, und er redete seither dummes Zeug.

Da konnte ihn der Fürst nicht mehr brauchen. Er steckte ihm einen Orden an und schickte ihn in Pension.

*

Weit oben in den Bergen freute sich Rübezahl über Hedwigs und Benedikts Glück. „Das verdanken sie mir“, sagte er zu den Zwergen, die um ihn herumsaßen. Die Wichtel nickten mit den Zipfelmützen und klatschten in die Hände.

„Krah- krah!“ krächzte ein Rabe vom Wipfel der ältesten Wetterfichte herunter. „Krah - krakraah!“

Rübezahl winkte ihm zu. Er verstand, was der Rabe sagte. Es hieß: „Das hast du gut gemacht, alter Halunke.“

Der sprechende Rappe

In die Zeit, aus der die Benedikt-Sage stammt, gehört auch die folgende Geschichte.

An der Fuhrstraße, die vom schlesischen Schmiedeberg über den Kamm des Riesengebirges nach Trautenau führte, stand im böhmischen Waldgebiet ein einsames Gasthaus. Es sah nicht sehr einladend aus. Das Wirtshausschild über der Tür war vermorscht, die Schrift darauf verblichen, der Name unleserlich geworden. An den Holzwänden und auf dem Dach hatten sich Moos und Flechten festgesetzt.

Leute aus der Umgebung kehrten dort nicht ein.

Der Wirt, seine Frau und die beiden Knechte hatten einen zu schlechten Ruf in den Dörfern. Die drei Männer waren bärenstark, die Frau war klein und flink, aber sie hatte böse Augen. Gemeinsam war ihnen eines: Wirt, Wirtin und Knechte sahen schlampig aus. Die Wirtschaft war unsauber; nur die Waffen der Männer waren sorgfältig gepflegt.

Die Leute tuschelten, daß der Wirt der Hauptmann einer Räuberbande gewesen sei, die irgendwo im Osten Angst und Schrecken verbreitet hatte. Der Fürst des Landes habe eine hohe Belohnung für denjenigen ausgesetzt, der ihm den Schlupfwinkel der Bande verrate. Einer der Räuber habe das aus Geldgier getan. In einer stockfinsteren Nacht sei die Bande umzingelt und gefangen worden. Nur der Hauptmann und zwei seiner Kumpane hätten fliehen können. Die drei hätten sich bis hierher durchgeschlagen und das Gasthaus bezogen, das seit langem leergestanden und verkommen war. Wie die Frau zu ihnen gestoßen war, wußte niemand.

Der Räuberhauptmann mußte ziemlich viel Geld gerettet haben.

Er konnte Möbel und Vorräte kaufen und einiges instandsetzen lassen.

Seine Rechnung ging auf. Durchreisende, in der Hauptsache Händler, kehrten gern oder ungern hier ein, weil das Gasthaus das einzige weit und breit war.

Dem Wirt und seinen Leuten ging es recht gut. Die böhmische Obrigkeit legte auf Gerüchte keinen Wert, denn die Räuber von einst - wenn sie es überhaupt waren - schädigten keine Einheimischen.

Außerdem hieß es, daß bald wieder ein Krieg kommen werde. Da hatten die hohen Herren andere Sorgen, als Bewaffnete in die Berge zu schicken, damit sie ehemalige Räuber, die hier nichts angestellt hatten, festnahmen.

Dann kamen Klagen von Durchreisenden. Der Wirt, jammerten sie, habe ihnen viel zuviel Geld für schlechtes Essen, sauren Wein und Übernachtung in schmutzigen Kammern abgenommen.

Andere berichteten, daß sie sich über die Schlamperei beschwert hätten und von den Knechten des Wirtes hinausgeworfen worden seien.

„Wurde jemand ermordet?“ fragten die Beamten, bei denen sich die Geprellten beklagten.

Ermordet worden sei niemand, antworteten die Durchreisenden. „Gottlob“, sagte einer.

„Wenn niemand ermordet wurde, ist es halb so schlimm“, meinte der Amtmann von Trautenau. So und ähnlich sagten es die anderen Herren auch.

Der Wirt und seine Leute blieben unbelästigt und kassierten weiterhin „großzügig“, wie sie es nannten.

Die Klagen der Ausgeplünderten und die Gleichgültigkeit der hohen Justiz kamen auch Rübezahl zu Ohren.

Er wurde neugierig und machte sich auf den Weg.

*

Eines Abends erhielten der Wirt und seine Leute vornehmen Besuch. Ein teuer gekleideter Herr kam auf einem prächtigen Rappen angeritten und hielt vor der Schenke.

Der Wirt, die Frau und die Knechte eilten heraus und bekamen gierige Augen.

„Ich möchte ein anständiges Nachtmahl, guten Wein und eine saubere Kammer für die Nacht", sagte der Vornehme, „dazu Futter und einen Platz im Stall für mein Pferd."

„Verbeugt euch!" flüsterte der Wirt seinen Leuten zu, und laut sagte er: „Edler Herr, es ist uns eine Ehre, Euch dienen zu dürfen."

Er begleitete den Fremden in die Gaststube. Ein Knecht führte den Rappen in den Stall.

Der späte Gast rümpfte die Nase über die schlampige Wirtschaft, aber er sagte nichts. Seine Pistole legte er vor sich auf den Tisch.

„Trag dem Herrn den besten Wein auf, den wir haben", befahl der Wirt der Frau und zwinkerte ihr zu. Sie zwinkerte zurück und verschwand.

Der Gast saß schweigend am Tisch.

Der Wirt beäugte den prallen Lederbeutel, den der Herr am Gürtel trug. Bestimmt waren Gold- und Silberstücke darin! Und erst der Schmuck! Der vornehme Schnösel war prächtiger aufgetakelt als eine Hofdame. Die Kette um seinen Hals und die Ringe an seinen Fingern waren ein Vermögen wert, und die protzigen Kleider würden zusätzlichen Gewinn bringen. Wie unvorsichtig von diesem Angeber, den Reichtum so offen zu zeigen!

Dann war noch der Rappe da.

Ein königliches Tier! Die Augen des Wirtes funkelten, wenn er an das edle Roß dachte.

Der Herr am Tisch beachtete ihn nicht. Mit dem Zeigefinger strich er über seine Pistole.

Der Wirt schmunzelte spöttisch. Pistole hin, Pistole her, dachte er belustigt. Ich geh' kein Risiko ein. Mein Weinchen trifft besser als jede Pistolenkugel.

Die Wirtin kam mit einem großen Becher, der bis zum Rand mit Wein gefüllt war. Daß sie ein starkes Schlafmittel hineingeschüttet hatte, würde der Gast bestimmt nicht merken.

Er leerte den Becher in einem Zug.

Die Frau nickte dem Wirt zu, und beide grinsten verstohlen. Es dauerte nicht lange, bis der Kopf des Fremden auf die Tischplatte fiel.

Der Wirt und die Wirtin warteten eine Weile, dann stupsten sie den Zecher an. Er kippte vom Stuhl und blieb auf dem Fußboden liegen.

Was folgte, ging rasch. Der Wirt pfiff seinen Knechten. Sie nahmen dem Betäubten Geld und Schmuck, ja sogar die Kleider ab. Dann warfen sie ihn in den ausgetrockneten Brunnenschacht hinter dem Haus.

„Diesmal ist die Beute so groß, daß wir die nächsten Jahre gut davon leben können", sagte der Wirt. „Wir werden weiterziehen und eine bessere Unterkunft suchen."

Seine Frau und die Knechte stimmten ihm zu.

*

Am nächsten Morgen ging der Wirt in den Stall, um das Prachtroß zu füttern. Doch wie erschrak er, als es mit menschlicher Stimme sagte: „Ich esse keinen Hafer. Ich esse nur Gebratenes und Gebackenes."

„Wie - wieso?“ stammelte der Wirt. „Wie - was?“

„Ich esse nur Gebratenes und Gebackenes“, wiederholte der Rappe. Dann verwandelte er sich in eine riesige Fledermaus und flatterte durch die offene Stalltür davon.

Schreiend rannte der Wirt ins Freie.

Doch es kam noch schlimmer.

Das Geld, der Schmuck und die Kleider des Fremden waren verschwunden.

Der Wirt, die Frau und die Knechte eilten zum Brunnen. In dem ausgetrockneten Schacht lag nicht der beraubte Gast, sondern - Pferdemist.

Aus heiterem Himmel fuhr ein Blitz in die Waldschenke, und ein fürchterlicher Donnerschlag ließ die Erde beben. Das Holzhaus brannte wie Zunder.

*

Der vornehme Herr, der es dem räuberischen Wirt und dessen Komplizen so heimgezahlt hatte, war selbstverständlich Rübezahl, der Berggeist des Riesengebirges.

Die Betrüger verschwanden und kehrten nie mehr zurück.

Fröhliche Ostern

Lange Zeit hatte ganz Schlesien (und damit das gesamte Riesengebirge) zur Österreichisch-Ungarischen Monarchie gehört.

Im ersten und zweiten Schlesischen Krieg (1740 - 1745) eroberte König Friedrich II. den größten Teil des Landes für Preußen. Österreichisch blieb der schlesische Süden mit dem Südhang des Riesengebirges.

Wie nach jedem Krieg ließ auch hier der Friede für die Untertanen der Mächtigen auf sich warten. Die einfachen Leute beklagten nicht nur die meisten Gefallenen; die Überlebenden mußten ihre zerstörten Häuser wieder aufbauen und die verwüsteten Äcker instandsetzen. Dazu forderten der preußische König und die österreichische Kaiserin hohe Steuern für den Wiederaufbau zerstörter Städte, Straßen und was sonst noch instandgesetzt und neu gemacht werden mußte. Das konnten Kaiser, Könige, Fürsten, Grafen und Barone ja nicht selbst tun, weil sie so etwas nie gelernt hatten; und die Arbeiter mußten bezahlt werden.

Doch da waren nicht nur brave Bauern, Bürger und Handwerker, die - wenn auch oft murrend - zupackten; da waren auch jetzt wieder Leute, die der Krieg völlig entwurzelt hatte. Manche schlossen sich zu Räuberbanden zusammen. In diesen gab es viele preußische und österreichische Deserteure. Besonders bunt waren die Horden aus Kaiserin Maria Theresias Armee: Deutsch-Österreicher, ungarische Panduren, böhmische Söldner, Soldaten aus Transsilvanien und von anderswo her, weil die Österreichisch-Ungarische Monarchie aus einer Menge von Ländern und Völkern bestand.

Aus dieser Zeit erzählt eine seltsame Rübezahl-Sage.

Warum seltsam?

Das steht am Schluß der Geschichte.

*

Der zweite schlesische Krieg war vorüber. Armut und Elend herrschten weiter.

Am Morgen eines Gründonnerstags kam der Berggeist aus seinem unterirdischen Zauberreich wieder einmal auf die Oberwelt. Die Sonne schien, die ersten Blattknospen waren aufgesprungen, frühe Bergblumen leuchteten im Sonnenlicht. Es war ein wunderschöner Frühlingstag.

Rübezahl reckte sich wohlig - und lauschte.

Rauhe Männerstimmen schimpften und drohten. Eine Frau und Kinder jammerten verzweifelt. Eine Kuh muhte kläglich, eine Ziege meckerte angstvoll.

Der Berggeist verwandelte sich in einen Raben und flog über die Baumwipfel dem Waldrand zu. Dort sah er, was unten geschah.

Am Rande einer Bergwiese standen ein grob zusammengezimmertes Holzhaus und daneben ein kleiner Stall. Ein schmaler Pfad führte aus dem Tal herauf. Auf schattigen Stellen lag noch Schnee. Rübezahl war schon öfter hier gewesen. Er wußte, daß das Haus und der Stall der Familie des Kleinbauern Michel gehörten; bescheidenen Leuten, die sich mühsam aber ehrlich durchbrachten. Der Krieg hatte das abgelegene Anwesen verschont. Nun waren Räuber gekommen.

Acht vermummte Kerle hatten Michel und seine Familie überfallen. Der Kleinbauer lag reglos vor der Haustür. Er blutete aus einer Kopfwunde. Seine Frau kniete neben ihm, vier Kinder schrien um Hilfe.

Das älteste Mädchen versuchte einem der Räuber die Ziege wegzunehmen, die der Kerl an einem Strick davonzerrte. Der

Vermummte stieß das Kind zu Boden. Er und seine Kumpane trieben die Ziege und die Kuh, die sie aus dem Stall geholt hatten, den Hang hinunter.

„Frääliche Ostäääm!“ schrie der Anführer in gebrochenem Deutsch zurück. Die anderen lachten höhnisch. Dann verschwand das Gesindel mit seinem Raub in einer Senke.

Weit kamen die Räuber allerdings nicht. Ein Rabe strich krächzend über ihre Köpfe hinweg, und eine unheimliche Kraft ließ die Vermummten, die Kuh und die Ziege keinen Schritt mehr tun. Räuber und Tiere waren festgebannt und stumm. Eisige Kälte kroch ihnen von den Füßen in die Köpfe hinauf.

Wenige Augenblicke später standen an ihrer Stelle zehn bizarr geformte Felsbrocken. Acht erinnerten an bewaffnete Männer, der neunte ähnelte einer Kuh, der zehnte einer Ziege.

Der Rabe Rübezahl glitt zu Boden. Hinter Michels Haus verwandelte er sich in einen Kräutermann mit faltigem Gesicht. Er ging gebückt, trug einen Korb auf dem Rücken und war ärmlich gekleidet. Aus dem linken Schuh spitzte die große Zehe heraus.

Mühsam humpelte der Alte um das Haus herum. Vor der Tür drängten sich Mutter und Kinder um den Vater, der wie tot lag. Mit zitternden Händen verband die Frau ihm den Kopf. Die Kinder jammerten immer lauter.

„Guten Morgen“, grüßte der Berggeist mit zittriger Stimme.

Die Frau und die Kinder fuhren erschrocken auf.

„Ein Kräutermann“, sagte das älteste Mädchen erleichtert.

Die Mutter zuckte die Achseln. „Du kommst zu unguter Zeit, Alter“, sagte sie. „Wir wurden überfallen. Da liegt mein Mann. Ich weiß nicht, ob er’s überlebt.“

Die Kinder schluchzten.

„Vielleicht kann ich helfen“, sagte der Berggeist. Er setzte den Korb ab, kniete neben dem Ohnmächtigen nieder und horchte an seiner Brust. „Das Herz schlägt“, stellte er fest. „Da werd’ ich ihn wohl wachkriegen.“

„Gott gebe es“, murmelte die Frau.

Rübezahl nahm eine Wurzel aus seinem Korb, hielt sie Michel unter die Nase und flüsterte Worte in einer fremden Sprache dazu.

Der Verletzte schlug die Augen auf.

„Bringen wir ihn ins Haus“, sagte der Berggeist. „Morgen wird es ihm besser gehen.“ Das sagte er so bestimmt, daß die Frau und die Kinder ihm vertrauten.

Michel schloß die Augen wieder, doch atmete er jetzt ruhig und regelmäßig. Seine Frau und der Berggeist trugen ihn ins Haus. Dort schlief er auf der Ofenbank, auf die die Frau eine Decke und ein Kissen gelegt hatte, ruhig weiter.

„Leider kann ich dir keinen Lohn geben, Kräutermann“, sagte die Frau zu Rübezahl. „Die Räuber haben uns ausgeplündert. Sie haben unsere Kuh und unsere Ziege mitgenommen, dazu das wenige ersparte Geld und die Lebensmittel. Unsere vier Hühner liegen tot im Stall, die Kerle haben sie erschlagen und mit Unrat bedeckt. So kann ich dich nicht einmal bewirten. Wir müssen froh sein, daß sie Haus und Stall nicht angezündet haben.“

Der Berggeist winkte ab.

„O doch!“ rief die Frau. „Da ist ein Rest Mehl, den die Räuber nicht aufgestöbert haben, und Salz und Wasser hab’ ich auch. Zu einem Arme-Leut’-Essen wird es reichen.“

Sie holte die Vorräte aus einem Versteck unter der Diele und kochte einen Mehlbrei, der zwar kaum schmackhaft war, aber allen schmeckte.

Der Kräutermann bedankte sich. Dann nahm er aus seinem

Korb eine Handvoll Körner, gab sie der Frau und sagte: „Wirf sie heut' abend den Hühnern vor.“

Die Frau und die Kinder sehen ihn verständnislos an. „Die Hühner sind doch tot“, ‚wandte ein Junge ein.

„Tu, was ich gesagt habe“, befahl Rübezahl der Frau. „Und sieh morgen bei Sonnenaufgang im Stall nach.“ Er nahm den Korb auf den Rücken, wünschte ein gesegnetes Osterfest und ging.

Michels Frau tat, was der Kräutermann befohlen hatte. Als sie die Körner den leblosen Hühnern hinwarf, schüttelte sie den Kopf dazu...

Doch wie staunten alle am nächsten Morgen!

Im Stall standen die Kuh und die Ziege, und die vier Hühner gackerten munter. Jede Henne hatte ein Ei gelegt: die erste ein rotes, die zweite ein gelbes, die dritte ein blaues, die vierte ein grünes. Die Eier waren seltsam schwer.

Und schon gab es eine neue Überraschung. Als Mutter und Kinder ins Haus zurückkamen, trat ihnen der Vater gesund entgegen. Nicht einmal den Verband trug er mehr um den Kopf.

Alles, was die Räuber sonst noch mitgenommen hatten, war wieder da. Die Familie kam aus dem Staunen nicht heraus.

Da fiel dem kleinsten Mädchen das blaue Osterei, das es vom Tisch genommen hatte, aus der Hand und zu Boden. Die Schale bekam Sprünge, ein Teil splitterte ab. Da, wo sie abgesprungen war, glitzerte es hell.

„Gold!“ rief der Vater. „Das Ei unter der Schale ist aus Gold!“ Mit zitternden Händen schälten er und Mutter jedes Osterei ab. Unter der Schale waren alle aus purem Gold.

Jetzt wußten die Glücklichen, daß der Kräutermann niemand anderer gewesen war als Rübezahl, der Berggeist des Riesengebirges.

Sie dankten ihm aus vollem Herzen.

Von da an lag Segen auf allem, was sie begannen.

*

Was aus den Räubern wurde?

Der Stadtkommandant von Hirschberg staunte nicht wenig, als er am Morgen des Ostersamstags acht Felsbrocken vor seinem Haus entdeckte. Bei näherem Hinsehen kamen sie ihm wie aus Stein gemeißelte Männer vor.

Er faßte einen der Blöcke an und zuckte zusammen. Der Stein hatte sich in einen vermummten Menschen verwandelt. Der Mann stand starr und gab keinen Mucks von sich.

Der Kommandant rief seine Knechte und zauberte ihnen vor, wie man aus Felsbrocken vermummte Kerle macht.

Einer der Knechte zog einem Vermummten das Tuch vom Gesicht. Da wurde der Mann lebendig und versuchte zu fliehen. Der Knecht packte zu und hielt ihn fest.

Rasch machte der Kommandant auch die anderen Reglosen lebendig - und erkannte in ihnen langgesuchte Räuber. Der Anführer war ein aus der österreichischen Armee geflohener Kroate, zwei andere waren ungarische Panduren, die übrigen aus dem Heer des Preußenkönigs unehrenhaft entlassene Soldaten.

Sie wurden gefesselt und eingesperrt.

Dann hatten sie Glück. Weil Städte und Dörfer aufgebaut werden mußten und in den Kriegen viele Männer gefallen oder verkrüppelt waren, fehlte es an Arbeitskräften. So blieb den Räubern der Galgen erspart. Der Richter verurteilte sie zu lebenslänglicher Zwangsarbeit in den Steinbrüchen.

*

So erzählte mir ein Schlesier, der im Riesengebirge zu Hause gewesen war, die Sage.

Ich staunte.

Fast dieselbe Geschichte hatte ich in Rumänien gehört, genauer gesagt in Siebenbürgen, das rumänisch Transsilvania heißt. Das Land war vor Jahrhunderten von Deutschen besiedelt worden, den Siebenbürger Sachsen.

In ihrer Sage kommt kein Rübezahl vor, sondern eine Bergfee, die sich in ein Kräuterweib verwandelt und der Familie eines Kleinbauern gegen eine Räuberbande zu Hilfe kommt.

Sonst ist alles mit der schlesischen Sage gleich.

Transsilvanische Soldaten kämpften während der schlesischen Kriege in der österreichischen Vielvölkerarmee.

Ich stellte mir die Fragen: Brachten Transsilvanier ihre Ostersage während der schlesischen Kriege ins Riesengebirge, und wurde dort die Rolle der Bergfee dem Berggeist Rübezahl zugedacht - oder brachten aus dem Krieg zurückkehrende Soldaten die schlesische Sage nach Transsilvanien, wo Rübezahl dann zur Bergfee wurde?

Beides ist möglich.

Weil ich den unberechenbaren, grimmigen, boshaften, hilfsbereiten und gütigen Rübezahl so gern mag, gebe ich der Version aus dem Riesengebirge den Vorzug

Bedenkenswert ist die Sage auf jeden Fall.

Und wer's nicht glaubt, bezahlt - ja was denn? - Eine Mark, einen Zloty, einen Schilling oder einen - Euro?

Die Rute

Elf Jahre dauerte der unsichere Friede nach dem zweiten schlesischen Krieg, dann kam der dritte Krieg um Schlesien, „der Siebenjährige". Am Schluß blieb fast alles beim alten. Das nördliche Schlesien behielt der preußische König, den südlichen Teil die österreichische Kaiserin.

Vieles, was in den elf Friedensjahren wieder aufgebaut worden war, lag von neuem in Trümmern, und Not war überall.

König Friedrich II.. bemühte sich die Wunden zu heilen, die der Krieg geschlagen hatte. Um den Hunger zu lindern, befahl er seinen Bauern Kartoffeln anzubauen, die in Preußen bisher unbekannt gewesen waren.

„Gegen die Dummheit", wie er sagte, ließ er Schulen - zunächst für Knaben - einrichten. Lehrer waren ausgemusterte Unteroffiziere und Feldwebel seiner Armee. Ihre wichtigsten „Lehr- und Lernmittel" waren Stock und Rute. Wer nicht oder nur langsam begriff, bekam sie zu spüren. „Dummheit muß man hinausprügeln, Gescheitheit hinein", lautete der pädagogische Wahlspruch von damals.

An einem Sommermorgen flog Rübezahl in der Gestalt eines Raben über ein schlesisches Dorf. Da hörte er durch die offenen Fenster eines Hauses jämmerliches Kindergeschrei. Neugierig flog er tiefer, setzte sich auf ein Fensterbrett und spähte in eine Schulstube hinein.

Dort saßen Knaben auf wackeligen Holzbänken, und einer schrie, als ob er am Spieß steckte. Diesen Jungen hatte ein kräftiger einbeiniger Mann über einen Stuhl gelegt und strich dem Jammernden mit einer Rute wohlgezielte Hiebe auf das Gesäß.

Der Rabe Rübezahl sah aufmerksam zu. Sicher hat der Bengel etwas sehr Böses getan, weil der Schulmeister so kräftig zuschlägt, dachte er.

„Wieviel ist vier und drei?!“ fuhr der Einbeinige den Schüler an.

„Se-se-sechs“, stotterte der Pechvogel.

„Rindvieh!“ rief der Schulmeister. „Jetzt zähl mit!“ Und wieder schlug er zu.

„Eins“, stöhnte der Junge beim ersten Hieb, „zwei“ beim zweiten, „drei“ beim dritten, „vier“ beim vierten.

„Wie viele Hiebe waren es?“ knurrte der Einbeinige.

„Vier“, antwortete der Knabe.

„Jetzt drei dazu“, brummte der Lehrer. „Vier hatten wir schon. Nun zähl weiter!“

Die Rute sauste nieder.

„Fünf“, jammerte der Schüler

Der zweite Hieb folgte.

„Sechs.“

Der dritte.

„Sieben.“

„Wieviel ist vier und drei?“ fragte der Lehrer streng. „Ich will einen ganzen Satz hören!“

„Vi-vier und - und drei ist - sieben“, schluchzte der Schüler.

„Na also“, knurrte der Schulmeister und stieß den Jungen auf seinen Platz zurück. „Jetzt alle!“ rief er den anderen zu. „Wieviel ist vier und drei?!“

„Vier und drei ist sieben!“ antworteten die Jungen im Chor.

Rübezahl hatte genug gesehen und gehört. Er flatterte auf das Hausdach. Schon nach kurzer Zeit hörte er wieder Jammern unter sich. Diesmal war es eine andere Knabenstimme.

Der Berggeist flog in den Wald zurück, verwandelte sich in

einen Köhler, setzte sich auf einen Baumstumpf und dachte nach. Je länger er überlegte, desto mehr bedauerte er die Knaben, denen Gescheitheit eingeprügelt wurde. Der eine Junge hatte ein ganz dünnes Höschen angehabt, da mußte er die Hiebe besonders schmerzhaft gespürt haben.

Ob es nicht auch anders ging?

„Ich denke schon“, sagte der Berggeist zu sich selbst, strich sich den Bart und schmunzelte, als ob ihm etwas Lustiges eingefallen wäre.

*

Am späten Abend konnte der Schulmeister nicht einschlafen. Trotz des offenen Fensters war es schwül in der Stube. Der Beinstumpf schmerzte unerträglich, obwohl die Wunde längst verheilt war. Das Bein hatte der Schulmeister zu Beginn des Siebenjährigen Krieges verloren, als er noch Korporal im Heer des Alten Fritz gewesen war.

Der Invalide verfluchte die Schwüle, die das Ziehen und Reißen zur Qual werden ließ. Stöhnend griff er zur Schnapspulle.

„Nicht doch“, sagte eine tiefe Stimme, und eine unsichtbare Hand nahm dem Schulmeister die Flasche weg. In kurzer Entfernung vom Strohlager blieb sie in der Luft hängen.

Der Schulmeister fuhr auf. „Bin ich verrückt geworden?“ schimpfte er und griff nach der Pulle. Sie schwebte zur Seite und dann zum Fenster hinaus.

Der Schulmeister sprang vom Lager, balancierte auf dem gesunden Bein, packte die Rute, die neben dem Bett an der Wand lehnte, und ließ sie durch die Luft pfeifen. „Wer du auch bist, du Dreckskerl, laß dich sehen!“ schrie er wütend. „Oder bist du ein feiges Gespenst?“

Der Unsichtbare riß dem Zornigen auch die Rute aus der

Hand, dann zeigte er sich.

Vor dem Schulmeister stand ein Offizier in der Uniform der königlich preußischen Leibgarde.

Der Invalide bemühte sich stramm zu stehen, soweit das mit einem Bein möglich war, und schnarrte: „Pardon, Herr Oberst! Ich wußte bisher nicht, daß sich preußische Offiziere unsichtbar machen können.“ Dann besann er sich, ballte die Faust und fuhr den anderen an: „Unsinn! Du bist ein Gespenst, das die Uniform des Königs mißbraucht! Gib mir die Rute und den Schnaps zurück und verdufte! Vor Gespenstern hab’ ich keine Angst!“

„Schweig!“ fuhr ihn der Oberst an, und jetzt erschrak der Schulmeister doch. Der Offizier wuchs zur doppelten Größe und mußte sich bücken, um nicht an die Stubendecke zu stoßen. Mit einer Faust packte er den Invaliden, ließ ihn einige Augenblicke lang zappeln und dann auf das Strohbett zurückplumpsen.

„Wer bist du und was willst du von mir?“ keuchte der Schulmeister.

Der Oberst schrumpfte auf natürliche Größe zusammen. Nur seine Stimme dröhnte wie die eines Riesen, als er antwortete: „Ich bin der Berggeist des Riesengebirges und hab’ mit dir zu reden!“

Der Invalide setzte sich auf, massierte den Beinstumpf und stöhnte. „Verdammte Schwüle“, murmelte er, als ob er sich vor dem Berggeist entschuldigen wollte.

Der strich ihm über den Stumpf, und der Schmerz war weg.

„Danke“, murmelte der Schulmeister verwirrt.

„Warum schlägst du deine Knaben mit der Rute?“ fragte Rübezahl streng.

Der Schulmeister sah ihn verwundert an.

„Antworte!“ befahl der Berggeist.
„Weil sie das brauchen, um zu lernen und gescheiter zu werden“, erklärte der Schulmeister. „Weisheit muß man einprügeln, das hab’ ich bei den Soldaten gelernt. Wenn ein Soldat etwas nicht begreift, bleut es ihm der Korporal oder der Feldwebel so lange ein, bis er sich’ s merkt. Auch die Offiziere schlagen zu. Warum sollt’ ich’s bei den Schulbuben anders machen?“
„Wer befiehlt solchen Unsinn?“ knurrte Rübezahl.
„Es ist kein Unsinn!“ widersprach der Schulmeister. „Alles befiehlt unser König, der Alte Fritz, wie wir ihn nennen. Was er befiehlt, ist gut!“
„Ist auch der König mit Hieben gescheit gemacht worden?“ fragte der Berggeist spöttisch.
„O ja“, antwortete der ehemalige Korporal. „Sein Vater, der Soldatenkönig, ließ ihn streng erziehen, und die Lehrer sparten nicht mit Rutenstreichen. Gelegentlich legte der königliche Vater selbst den königlichen Sohn übers Knie. Nur so ist Prinz Friedrich der kluge und mächtige König geworden.“
„Dummheit und schwer von Begriff sein sind keine Unarten, die mit Hieben bestraft werden müssen, wie sie Lausbuben zustehen“, brummte der Berggeist. „Lernen und gescheiter werden gehen auch im Guten.“
„Selbstverständlich“, gab der Schulmeister zu. „Die Rutenstreiche, die ich Begriffsstutzigen aufzähle, sind gut gemeint und keine Strafe.“
„Mit dir ist schwer zu reden“, knurrte Rübezahl, „also werde ich dir eine Lektion erteilen.“
„Wie denn?“ fragte der Schulmeister.
Der Berggeist ließ die Rute zwei-, dreimal durch die Luft sausen. Dann fragte er: „Wer ist Odin?“

Der Schulmeister lachte. „Er war der oberste Gott der Germanen; aber seitdem wir christlich geworden sind, gibt es ihn nicht mehr.“

„Richtig“, sagte der Berggeist und fragte weiter: „Wie viele Beine hatte Odins Pferd?“

„Dumme Frage“, meinte der Invalide, „vier selbstverständlich.“

„Falsch“, sagte Rübezahl und legte den Schulmeister bäuchlings auf das Strohlager. „Odins Gaul hatte acht Beine, mein Lieber. Acht, verstanden?! - Zähl mit!“

Er strich dem Verblüfften acht Rutenhiebe auf das Gesäß, und der Schulmeister zählte brav: „Eins - zwei - drei - vier...“ - bis „acht.“

„Wie viele Beine hatte Odins Pferd?“ fragte der Berggeist noch einmal.

„Ihr seid gescheiter als ich“, antwortete der Invalide. „Wenn Ihr ‚acht Beine‘ sagt, wird’ s wohl stimmen. Ich sag’ jetzt also auch: ‚Acht Beine.‘ Da seht Ihr, wie recht ich hab’. Ihr habt mir die Gescheitheit genauso eingebleut, wie ich sie meinen Schülern beibringe.“

„Und die acht Hiebe?!“ rief Rübezahl. „Schämst du dich nicht?!“

„Ich bedanke mich dafür“, antwortete der Schulmeister.

„Du bedankst dich?“ knurrte der Berggeist.

„Die Hiebe haben mich gescheiter gemacht, als ich gewesen bin“, sagte der Schulmeister. „Ihr wart mein Lehrer, die Rute Euer Weisheitsinstrument. - Was meint Ihr, mit wie vielen Stockhieben ich bei den Soldaten klug geworden bin! Unter einem Dutzend ging’ s da selten ab.“

Der Berggeist schüttelte den Kopf. „Wie wär’s, wenn du deinen Schülern die Klugheit nicht mit Hieben beibrächtest,

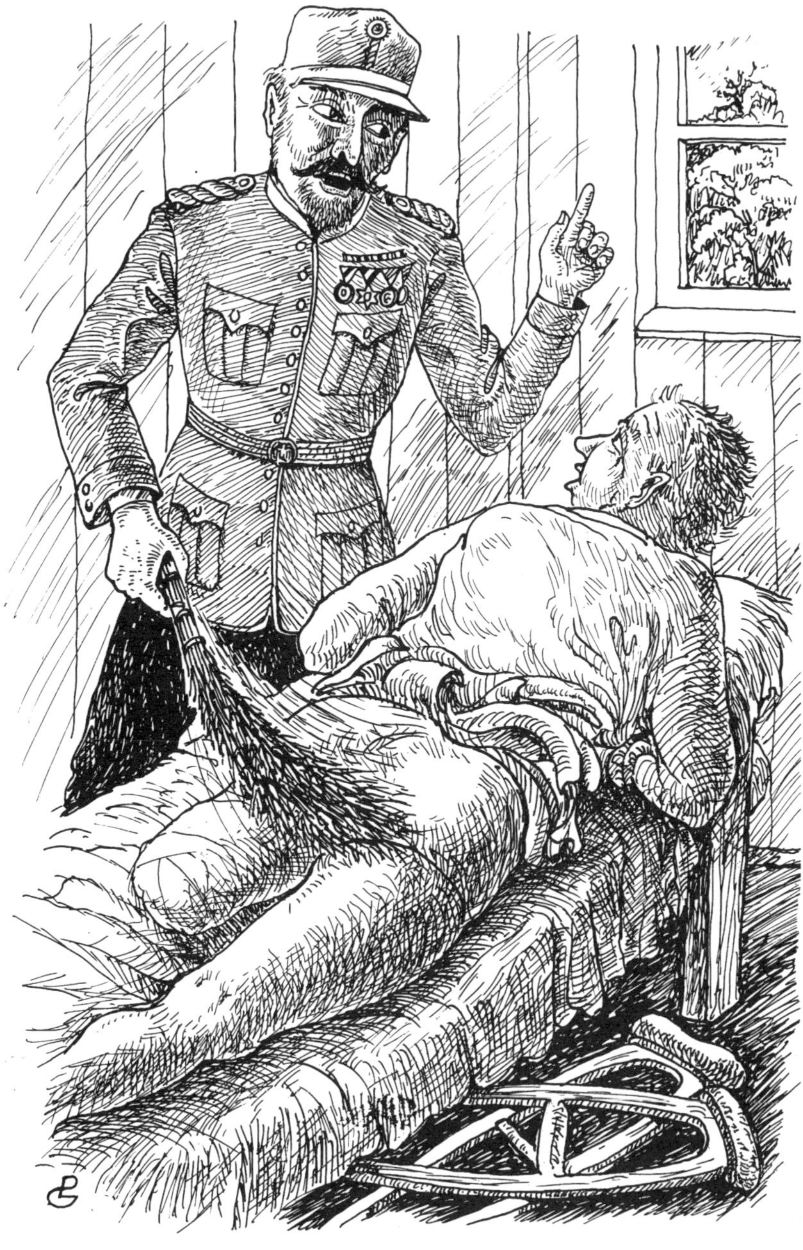

sondern mit gutem Zureden, Wiederholungen, Aufschreiben und vielleicht auch Singen?“

Zu allem schüttelte der ehemalige Korporal den Kopf. Zum Vorschlag Singen meinte er: „Soll ich sie vielleicht ‚Fünf und drei ist acht‘ singen lassen?“

„Warum nicht?“ meinte Rübezahl.

„Da tät’ ich mich lächerlich machen“, sagte der Schulmeister.

„I wo“, widersprach der Berggeist. „Versuch’s. Du wirst sehen, daß deine Knaben mit Freude und Lachen besser und schneller begreifen, als wenn sie geprügelt werden.“ Er gab dem Schulmeister die Rute zurück - und ein Goldstück hing daran.

Der Invalide bekam große Augen. Ein Goldstück war viel Geld für ihn. „An dieser Rute wird am Ende eines jeden Tages, an dem du sie nicht zum Zuschlagen verwendet hast, ein Goldstück hängen“, versprach Rübezahl. „Solltest du jedoch nur einen deiner Schüler damit schlagen, wirst du kein Goldstück mehr daran finden. Dein Bein kann ich dir nicht ersetzen, aber Schmerzen im Stumpf wirst du nie wieder spüren.“ Dann verschwand er, wie er gekommen war. Der Schulmeister drehte und wendete das Goldstück in den Händen und beschloß, es mit der Methode des Berggeistes zu versuchen.

Es klappte tatsächlich. Ohne Hiebe lernten die Knaben williger und besser. Die düstere Schulstube schien heller zu werden.

Die Leute im Dorf schüttelten die Köpfe. Einige hielten den Schulmeister für verrückt. Die Mehrzahl fand es gut, daß ihre Jungen jetzt gern zur Schule gingen.

Der Schulmeister sammelte Goldstücke und malte sich in Gedanken eine wunderschöne Zukunft aus. Bald, dachte er, wenn mir die Rute ein Vermögen gebracht hat, werde ich mir ein nettes Mädchen suchen, das mich auch mit einem einzigen Bein lieb hat. Wir werden heiraten, eigene Kinder haben und eine glückliche Familie sein.

So dachte er. Und da er keine Schmerzen mehr im Beinstumpf spürte, schlief er nicht mehr schlecht, sondern träumte sehr Schönes...

Doch der Mensch ist ein wankelmütiges Wesen, wie der Pfarrer in seiner Sonntagspredigt sagte.

Kurz und gut: Am Montag darauf ärgerte sich der Schulmeister ganz gewaltig über einen Jungen, der trotz Wiederholen, Aufschreiben und Singen nicht begriff, daß die Sonne im Osten auf- und im Westen unterging. Er behauptete trotzig: „Die Sunn gieht hinter unserm Haus auf und hinterm Haus vom Schreiberschuster unter."

Dem Schulmeister schwoll die Zornesader. Ohne zu überlegen griff er nach der Rute, die nach wie vor in der Ecke lehnte, legte den Dummkopf über die Bank und strich ihm die Weisheit über: „Die Sonne geht im Osten auf und im Westen unter!" Zu jedem Wort setzte es einen Weisheitshieb ab.

Der Dummkopf wiederholte Wort für Wort brav.

Von da an gab es keine Goldstücke mehr; und der Schulmeister blieb sein Leben lang Junggeselle.

Die Reise nach Karlsbad

Zehn Jahre nach dem Ende des Siebenjährigen Krieges hatten König Friedrich II. in Preußen und Kaiserin Maria Theresia in Österreich schon viel für Ruhe und Ordnung getan. Die Reisewege, auch jene über das schlesische und böhmische Riesengebirge, waren sicherer geworden.

So beschloß denn auch die reiche verwitwete Gräfin Cäcilie, mit ihren beiden hübschen Töchtern vom schlesischen Breslau in das berühmte böhmische Karlsbad zu reisen. Die edle Dame litt an allen möglichen Krankheiten, die damals in Mode waren und für vornehm galten. Echt war nur die Gicht, die die Gräfin mit Karlsbader Heilwasser auskurieren wollte. Und weil Karlsbad damals der Treffpunkt des Adels und der Reichen war, gedachte die Dame das Angenehme mit dem Nützlichen zu verbinden und nach passenden Schwiegersöhnen Ausschau zu halten. Die Fräulein freuten sich auf die Bälle und geselligen Abende, von denen sie Aufregendes gehört hatten.

Gräfin Cäcilie mietete eine Kutsche und trat mit ihren Töchtern, einer Zofe und dem Diener Johann die Reise nach Karlsbad an. Als sie Breslau verließen, blies der Kutscher auf seinem Horn eine lustige Melodie. Die Damen und die Zofe kuschelten sich in die Polster, der Diener Johann saß etwas weniger bequem neben dem Kutscher auf dem Kutschbock.

Da sie so schnell wie möglich ans Ziel kommen wollten, reisten sie Tag und Nacht und legten nur kurze Pausen ein, um sich zu erfrischen und an den mitgenommenen Vorräten zu stärken. Diese Pausen nutzte der Kutscher für kleine Nickerchen.

Der Zufall wollte, daß die Reisegesellschaft mit Sonnenuntergang ins Riesengebirge kam. Es war ein schöner, warmer Sommerabend. Die Damen und die Zofe dösten vor sich hin.

Der Diener Johann schaute sich immer wieder nach allen Seiten um. Alte Rübezahl-Geschichten, die er gehört hatte, fielen ihm ein. Er war ein ängstlicher Mann, zuckte bei jedem Geräusch zusammen und sehnte sich nach Breslau zurück.

„Was hast du denn?“ fragte der Kutscher.

„Ich denke an Rübezahl“, flüsterte Johann. „Wenn der über uns kommt, haben wir nichts zu lachen.“

„Unsinn“, spottete der Kutscher und knallte mit der Peitsche. „Es gibt keine Gespenster, sagt deine Gräfin. Die ist gebildet und muß es wissen. Und wenn es keine Gespenster gibt, gibt’s auch keinen Rübezahl.“

Es war fast dunkel geworden. Mond und Sterne gaben geisterhaftes Licht. Zwei Fledermäuse strichen um die Kutsche herum. Johann packte den Kutscher am Arm. „Die hören uns zu“, keuchte er aufgeregt.

„Wer?“ fragte der Kutscher.

„Die Fledermäuse“, wisperte Johann. „Rübezahl hat sie geschickt, um uns auszuhorchen.“ Er schlug sich an die Stirn. „Alle guten Geister!“ stöhnte er. „Ich hab’ den Spottnamen Rübezahl ausgesprochen!“ Er stützte den Kopf in die Hände und atmete schwer.

Die Fledermäuse verschwanden im Wald.

„Narr“, brummte der Kutscher, nahm eine Prise Schnupftabak und nieste genußvoll.

Die Kutsche holperte auf der Bergstraße dahin. Das Licht aus den Laternen am Wagen beleuchtete nur eine kurze Strecke und holperte mit.

Plötzlich zügelte der Kutscher die Pferde, murmelte etwas und fuhr weiter. Nach kurzer Strecke hielt er wieder und schüttelte den Kopf. Dann trieb er die Pferde an - und hielt gleich darauf zum dritten Mal.

Johann, der mit geschlossenen Augen gesessen war, erschrak so sehr, daß ihm die Luft wegblieb. Einen Steinwurf weit vor der Kutsche sah er ein Phantom in schwarzem Mantel - eine Gestalt ohne Kopf! Wenn die Kutsche hielt, stand der Schwarzmantel still, wenn die Pferde anzogen, ging er mit.

Jetzt fürchtete sich auch der Kutscher. „Wir müssen die Gräfin wecken“, flüsterte er. „Sie ist gescheiter als wir und weiß sicher Rat.“

Das dachte Johann auch. Er klopfte an das Fensterglas hinter sich.

„Was ist?“ fragte die Gräfin unwillig, weil sie aus dem schönsten Schlummer geweckt worden war.

„Euer - Euer Gnaden“, stotterte Johann, „vor - vor uns geht - ein Mann ohne Kopf!“

„Na und?“ spottete die Dame, „Männer ohne Kopf gibt es viele.“

Das sahen die Fräulein und die Zofe nicht so. Sie fürchteten sich.

„Wenn es vielleicht - der Rübezahl wäre?“ stammelte die Zofe.

„Nein!“ riefen die Fräulein.

„Es gibt keinen Rübezahl“, sagte die Gräfin ärgerlich. „Die Spinner auf dem Kutschbock sehen Gespenster, die es nie gegeben hat und nie geben wird! Schlaft weiter.“

Zwei Fledermäuse, die Johann und der Kutscher wegen des Schwarzmantels nicht beachtet hatten, flatterten von der Kutsche weg und verschwanden im Wald.

Johann und der Kutscher atmeten auf, als der Kopflose plötzlich verschwand. Gräfin Cäcilie steckte den Kopf durch das Fenster, sah sich um und spottete: „Wo ist denn der Kerl ohne Kopf, ihr Helden?“

Doch wie erschraken sie, als das Phantom hinter einem Busch hervor und auf den Fahrweg trat! Mit aller Gewalt zügelte der Kutscher die schnaubenden Pferde.

Die Erschrockenen erkannten, daß der Schwarzmantel doch einen Kopf hatte. Allerdings trug er ihn nicht zwischen den Schultern, sondern im rechten Arm.

Gräfin Cäcilie zog den Fenstervorhang herunter, um nichts weiter sehen zu müssen. Die Fräulein und die Zofe duckten sich ängstlich.

„Alle guten Geister!“ stöhnte Johann und streckte die Hände abwehrend aus. Bevor er die Beschwörung weitersprechen konnte, schleuderte ihm der Schwarzmantel den Kopf so heftig an die Stirn, daß Johann vom Kutschbock auf den Fahrweg hinunterstürzte. Im nächsten Augenblick schlug das Phantom den Kutscher mit einem Stockhieb nieder und riß ihn zu Boden. Dazu grollte es mit dumpfer Stimme: „Nehmt das vom Berggeist des Riesengebirges, den ihr mit dem Geratter eures Wagens gestört habt!“

Mit einem Satz sprang der Schwarzmantel auf den Kutschbock und trieb die Pferde über Stock und Stein. Das Holpern der Räder und das Schnauben der Pferde übertönten die Hilferufe der Damen.

Plötzlich tauchte ein Reiter auf, ritt an dem kopflosen Fuhrmann vorbei und dann vor der Kutsche her. Dem Schwarzmantel auf dem Kutschbock schien das nicht zu gefallen. Er bog in einen Seitenweg ein. Der Reiter tat dasselbe. Der gespenstische Kutscher wechselte einige Male die Richtung, doch der Reiter ließ sich nicht abschütteln.

Als sie eine Waldlichtung überquerten, sah der Schwarzmantel, daß der Schimmel des Reiters nur drei Beine hatte. Er zügelte die Pferde und sah sich nach allen Seiten um. Der Reiter

saß ab, zog seinem Gaul das vierte Bein heraus, blickte zur Kutsche und fragte gemütlich: „Kutscher ohne Kopf, wohin geht denn die Reise?“

„I-immer der Nase nach“, stotterte der Schwarze.

„Der Nase nach?“ wiederholte der Reiter. „Laß sehen, Kamerad, wo du die Nase hast.“

Der Schwarzmantel wollte die Pferde antreiben, doch der Reiter fiel ihnen in die Zügel und brachte sie mit einem Ruck zum Stehen. Dann packte er das schwarze Phantom und riß es vom Kutschbock herunter. Der dunkle Mantel rutschte ab. Und siehe da! Ein ganz normaler Mensch stand vor dem Reiter, ein Mann mit einem Krauskopf, großen erschrockenen Augen und schlotternden Knien.

Fledermäuse kreisten über der Lichtung.

Mit unheimlicher Kraft beutelte der Reiter den Schlotternden hin und her. „Wie kannst du es wagen, mich nachzuäffen?!“ grollte er mit tiefer Stimme, „Mich, den Herrn des Riesengebirges!“

„Oh!“ stöhnte der Schwindler. „Habt Erbarmen, großmächtiger Berggeist! Ich bin ein armer Teufel, ein von frühester Jugend an vom Unglück verfolgter Mensch. Ihr werdet Mitleid fühlen, wenn Ihr meine ungewöhnliche Geschichte gehört habt.“

Rübezahl wurde wieder einmal neugierig. Ungewöhnliche Geschichten hörte er gern. Mit kräftigem Schwung setzte er den Schwindler auf den Kutschbock zurück. „Tu, was ich dir befehle“, sagte er streng.

Die Kutschpferde standen still, als ob sie festgebannt wären.

Rübezahl trat zum Wagen und öffnete den Schlag. Gräfin Cäcilie, ihre Töchter und die Zofe lagen ohnmächtig in den Kissen.

Aus einem nahen Bach schöpfte Rübezahl seinen Hut voll Wasser und brachte die Damen ins Leben zurück.

Die Gräfin, ihre Töchter und die Zofe atmeten auf, als sie einen vornehmen Herrn sahen, der sich artig verbeugte und sich als Oberst von Riesental vorstellte. „Es tut mir leid, daß Sie in meinem Herrschaftsbereich von einem Bösewicht überfallen wurden“ sagte er. „Doch jetzt sind Sie in Sicherheit. Darf ich Sie als willkommene Gäste in mein Schloß einladen, um Sie den Schreck vergessen zu lassen?“

Gräfin Cäcilie nahm die Einladung dankend an.

„Fahr mir nach“, befahl Rübezahl dem Kutscher.

„Ja, Herr“, antwortete dieser und ruckte an den Zügeln. Augenblicklich fiel die Starre von den Pferden. Sie zogen an.

Rübezahl ritt voraus und ließ kreuz und quer fahren. Dabei fiel dem Kutscher auf, daß der Berggeist immer wieder eine Fledermaus aus dem Schwarm, der ihnen folgte, zu sich winkte und ihr etwas zuflüsterte, worauf sie im Wald verschwand. Im stillen bat der Schwindler alle guten Geister um Hilfe, wie es der Diener Johann vor ihm getan hatte.

Nach etwa einer Stunde tauchten in der Ferne vier Lichter auf, die rasch näherkamen. Es waren Jäger mit Fackeln, die - wie sie erklärten - ihren Herrn gesucht und nun gefunden hatten.

Gräfin Cäcilie hatte sich erholt und fragte nach ihrem Diener Johann und ihrem Kutscher. Der Oberst befahl zwei Jägern, die Verschwundenen zu suchen.

Kurz darauf fuhr die Kutsche durch ein großes Tor in einen weiten Schloßhof und hielt vor einem herrschaftlichen Palast.

„Willkommen in meinem Hause“, sagte dcr Oberst von Riesental und bot der Gräfin den Arm. Er führte sie, ihre Töchter und die Zofe in das Fürstenzimmer, in dem sich eine vornehme Gesellschaft versammelt hatte.

Knechte kümmerten sich um den Kutscher, die Pferde und den Wagen.

Gräfin Cäcilie, die Fräulein und die Zofe fühlten sich unbehaglich, als sie in Reisekleidern und ohne sich frisch gemacht, geschminkt und gepudert zu haben, den anderen Gästen des Herrn von Riesental vorgestellt wurden.

Nach der Vorstellungszeremonie mußte die Gräfin ihr Abenteuer erzählen. Die Damen und Herren wunderten sich sehr und sprachen lange darüber. Dann setzte sich die Gesellschaft in kleinen Gruppen zusammen.

Am Tisch der neuen Gäste saß der berühmte Arzt Doktor Springsfeld. Diesem erzählte Gräfin Cäcilie sofort von ihren Krankheiten. Zum Glück hatte der Doktor seinen Koffer mit dem ärztlichen Besteck und Medikamenten bei sich.

Er ließ die Gräfin kräftige Pulver und Tropfen schlucken. „Zur Vorbeugung", wie er sagte, mußten auch die Töchter und die Zofe die bittere Medizin einnehmen.

Dann fühlte der berühmte Arzt der Gräfin den Puls und sagte: „Ich muß Sie zur Ader lassen, Gnädigste, wenn Ihnen Ihr Leben lieb ist."

Die Gräfin erschrak. „Zur Ader lassen?" flüsterte sie. „Ich kann kein Blut sehen. Wenn ich Blut sehe, falle ich in Ohnmacht."

„Es muß sein", versicherte der Doktor. „Nachher werden Sie sich erleichtert fühlen. Außerdem können Sie die Augen schließen, bis es vorbei ist."

Gräfin Cäcilie fügte sich seufzend.

Doktor Springsfeld bat sie in einen Nebenraum, ließ ein silbernes Becken mit lauwarmem Wasser darin bringen und half der Patientin beim Schuh- und Strumpfausziehen. Dann kniff die Gräfin die Augen zu.

Doktor Springsfeld band das rechte Bein unter dem Knie mit einer roten Binde ab, nahm den stählernen Schnepper aus dem Koffer und ließ ihn klicken. Gräfin Cäcilie zuckte nur kurz zusammen. Das „schlechte" Blut rann in die Silberschüssel. Nach kurzer Zeit war die Prozedur vorbei.

Der Arzt verband die kleine Wunde. „Fertig, Gnädigste", sagte er. „Sie dürfen die Augen öffnen. - Wie fühlen Sie sich?"

Gräfin Cäcilie atmete tief und fühlte sich tatsächlich wohler. Jetzt bestand sie darauf, daß auch ihre Töchter zur Ader gelassen würden. „Vorbeugend", sagte sie.

Die Fräulein wehrten sich, doch die Mama bestand auf ihrem Willen.

Der Doktor schröpfte auch die jungen Damen und die Zofe dazu.

Als er entschlackende Klistiere vorschlug, wehrten sich die Patientinnen energisch. „Nein!" riefen sie gemeinsam.

„Schade", sagte der berühmte Arzt. „Ich hätte Sie mit Vergnügen weiterbehandelt."

Zur Ruhe kamen die vier Damen auch jetzt noch nicht. Der Schloßherr bat zur Abendtafel. Im prunkvollen Speisesaal erwartete ein fürstliches Mahl die Gäste. Auf kunstvoll gearbeiteten Silberplatten lagen erlesene Speisen bereit und köstlicher Wein wurde in vergoldeten Pokalen kredenzt. Unsichtbare Musikanten spielten leise Musik.

„Eßt nicht so viel". flüsterte Gräfin Cäcilie ihren Töchtern immer wieder zu.

„Aaaaah!" riefen die Gäste bewundernd, als das Dessert aufgetragen wurde. Auf einem großen, mit Schokolade überzogenen Tortenboden hatte der Zuckerbäcker das Abenteuer der Gräfin in bunten Marzipanfiguren nachgebildet: die adeligen Damen, die Zofe, den Diener Johannes, den Kutscher, die Pferde, die Kutsche, den Mann ohne Kopf und den Oberst von Riesental auf seinem Schimmel.

Die Gäste klatschten Beifall und die Gräfin bedankte sich geschmeichelt. Sie wandte sich an ihren Tischnachbarn zur Linken, der ihr als böhmischer Graf vorgestellt worden war, und fragte ihn, welches Fest hier gefeiert werde.

„Kein besonderes", antwortete der Graf. „Es ist eine zwanglose Zusammenkunft. Der Oberst hat eingeladen, wir sind gekommen. Das geschieht öfter."

Der Gräfin fiel ein, daß sie von einem Oberst von Riesental vorher nichts gehört hatte, wo sie doch alle Adeligen im weiten Umkreis kannte. Sie fragte den Gastgeber selbst.

Er wich der Frage aus und sprach von dem Mann ohne Kopf, der es gewagt hatte, den Berggeist des Riesengebirges nachzuäffen. Das war wie ein Stichwort für den beleibten Domherrn, der dem Oberst gegenüber saß. Er erzählte zwei wundersame Geschichten von dem mächtigen Geist.

Dann stritt die Gesellschaft darüber, ob wahr oder erfunden sei, was der Domherr berichtet hatte. Ein Professor behauptete, daß es den Berggeist des Riesengebirges tatsächlich gebe. Er redete so überzeugend, daß ihm die meisten Damen und Herren Beifall klatschten.

Gegen ihn sprach Gräfin Cäcilie. „Es gibt keine Geister", behauptete sie, „und damit auch keinen Rübezahl. Meine Geschichte ist der Beweis dafür. Wenn es den Berggeist gäbe, hätte er nie und nimmer erlaubt, daß wir von dem Schwindler überfallen wurden." Sie hob den Finger. „In seinem, des angeblichen Berggeistes, Herrschaftsbereich!"

Niemand stimmte ihr zu.

Da mischte sich der Oberst ein. „Mit Verlaub, Gräfin", sagte er, „das sehe ich anders. Ich kam Ihnen zu Hilfe. Könnte es nicht sein, daß mich der Berggeist geschickt hatte, oder..." Er machte eine Pause und zuckte die Achseln.

„Oder?" fragte die Gräfin.

„Der Herr des Riesengebirges kann sich in jede Gestalt verwandeln, die er sich vorstellt", antwortete der Oberst. „Könnte er sich nicht in meine Gestalt verwandelt haben?"

Die Gräfin lachte. „Aber, aber, Herr Oberst! Sie und..."

Da wurde sie unterbrochen. Ein Jäger meldete, daß der Diener Johann und der mit ihm verschwundene Kutscher aufgefunden und ins Schloß gebracht worden seien. Der Kutscher sei im Stall und freue sich, daß er seine Pferde und die Kutsche wieder habe. Der Diener Johann habe den Kopf des Schwarzmantels mitgebracht.

„Er soll eintreten", befahl der Oberst.

Johann erschien mit dem gewaltigen Haupt des Phantoms. Es war ein ausgehöhlter, mit Sand und Steinen gefüllter Kürbis, dem eine hölzerne Nase und ein langer Flachsbart angeklebt waren.

Der Oberst wog den Kopf in den Händen. „Kein Wunder, daß er einen Mann vom Kutschbock werfen konnte", sagte er und befahl, den Diener und den Kutscher zu verpflegen und ihnen Nachtlager anzuweisen. Dann hob er die Tafel auf, und die Gäste gingen auseinander.

Gräfin Cäcilie, ihre Töchter und die Zofe bekamen Gästezimmer zugewiesen und schliefen in Himmelbetten...

Sie erwachten erst am späten Morgen. Die Gräfin drängte zur Eile. Sie wollte durch die Heilkraft des Karlsbader Wassers so schnell wie möglich verjüngt werden.

Gleich nach dem Frühstück reisten die Damen ab. Der Kutscher stieß ins Horn, und der Diener Johann fürchtete sich nicht mehr. Der Oberst von Riesental begleitete die Gäste bis an die Grenze seines Gebietes. Dort verabschiedete er sich höflich. Die Gräfin versprach, ihn auf der Rückreise wieder zu besuchen.

„Wenn Sie mein Schloß dann wiederfinden, würde ich mich freuen", sagte der Oberst.

Gräfin Cäcilie lachte. „Warum sollte ich Ihr Schloß verfehlen? Es ist nicht zu übersehen."

Der Oberst zuckte die Achseln, wünschte eine gute Weiterreise, wandte seinen Schimmel und galoppierte zurück.

„Hüü!" rief der Kutscher und knallte mit der Peitsche. Die ausgeruhten Pferde trabten in Richtung Karlsbad.

*

Der Straßenräuber, der sich als Rübezahl ausgegeben hatte, war die Nacht über in einem unterirdischen Kerker gesessen. Stockfinster war es um ihn gewesen und schreckliche Geräusche hatten ihn nicht einschlafen lassen.

Er kauerte sich ängstlich zusammen, als sich ein schwerer Schlüssel drehte, die Tür in den Angeln quietschte und Fackelschein blendete.

„Mitkommen!" befahl eine grobe Stimme. Als der Gefangene nicht sofort gehorchte, wurde er von kräftigen Fäusten gepackt, aus der Kerkerzelle hinausgezerrt und eine steile Treppe hinaufgestoßen.

Rübezahl erwartete ihn in einem Raum, der wie ein Verhörzimmer aussah. Hinter einem Richtertisch saß der Berggeist in schwarzem Mantel, mit einer schwarzen Richterkappe auf dem Kopf und einer schwarzgeränderten Hornbrille auf der Nase.

Die Fenster waren schwarz verhängt, zwei Öllampen leuchteten matt.

Der Gefangene wagte kaum zu atmen.

Auf einen Wink des Berggeistes entfernten sich die Knechte, die den Räuber hereingebracht hatten.

„Erdenwurm", grollte Rübezahl, „für die Frechheit, dich für den Herrn des Riesengebirges auszugeben, verdienst du den Tod!"

„Nein, großmächtiger Berggeist", jammerte der Krauskopf.

„Schweig!" fuhr ihn Rübezahl an. „Erzähl mir deine ungewöhnliche Geschichte. Dann werde ich entscheiden, ob ich dich gleich zertrete oder im Kerker dahinschmachten lasse!"

„Meine Geschichte ist sehr ungewöhnlich", versicherte der Gefangene. „Und je weniger Ihr mich bestraft, desto ungewöhnlicher wird sie."

Diese Frechheit erzürnte und erheiterte den Berggeist zugleich. „Erzähl", befahl er weniger streng, „dann werde ich entscheiden."

Der Sünder atmete auf und legte los. Rübezahl stützte den Kopf in die Hände und hörte zu.

„Mein Vater hatte sieben Söhne", erzählte der Krauskopf. „Der siebte Sohn bin ich. Meine sechs Brüder waren Spitzbuben, nur ich allein blieb ehrlich und lernte bei einem Meister lederne Geldbeutel machen. Nach meiner Lehrzeit machte ich mich selbständig und eröffnete einen Beutelladen. Leider verdiente ich nicht viel. Die Reichen steckten ihr Geld in die Beutel, die ich gemacht hatte, und mir blieb kaum das Nötigste zum Leben. Aus Not schnitt ich einigen Kunden heimlich meine Beutel vom Gürtel ab. Diese Meisterwerke waren weit unter ihrem Wert bezahlt und gehörten eigentlich noch mir. Da tat ich doch kein Unrecht, wenn ich sie wieder zurücknahm."

„Mit dem Geld der Bestohlenen", warf Rübezahl ein.

„Bestohlen ist ein häßliches Wort, großmächtiger Berggeist", widersprach der Schlaukopf. „Ich nahm mir, was die Herren zu wenig bezahlt hatten. Außerdem gab ich ihnen die Gelegenheit, ein gutes Werk zu tun. In der Bibel steht geschrieben, daß alle gottgefällig sind, die von ihrem Reichtum armen Schluckern Almosen geben. Ich war ein armer Schlucker, und die Herren taten gute Werke, für die sie im Himmel belohnt werden."

„Du bist ein Dieb!" grollte Rübezahl.

Der Krauskopf zuckte die Achseln. „Das fand der Hirschberger Richter leider auch und hätte mich beinah zum Galgen verurteilt. Zum Glück fand ich einen guten Anwalt, der die Strafe auf zehn Jahre Zwangsarbeit herunterdrückte. Ich hatte ihn bestens bezahlt."

„Vom Diebesgut", knurrte der Berggeist.

„Von den Almosen", verbesserte der Gefangene. „Vor meiner Verhaftung hatte ich einen Teil des mir zustehenden Geldes vergraben und dem Anwalt den Platz verraten. Die Summe genügte, um die Todesstrafe in zehn Jahre Arbeit im königlichen Steinbruch zu ermäßigen."

„Zehn Jahre Steinbruch hat noch keiner so gut überstanden wie du", meinte Rübezahl.

„Richtig", stimmte der Krauskopf zu. „Weil ich auch diese Strafe ungerecht fand - da ich überhaupt nicht bestraft werden durfte - floh ich bei der erstbesten Gelegenheit, die sich leider erst nach eineinhalb Jahren bot. Ich schlug mich zu einem meiner ehemaligen Kunden durch, der eine Münzwerkstätte betrieb und in königlichem Auftrag Silber- und Kupfermünzen prägte. Ihm hatte ich keinen Geldbeutel abgeschnitten. So nahm er mich auf und brachte mir das Münzgeschäft auf seine Art bei.

'Wem schadet es, wenn wir in die Silbertaler ein Viertel oder ein Drittel weniger edle Metalle mischen', sagte er. ‚Niemand wird's merken, und wir machen Gewinn.' Das sah ich ein. Unsere Münzen wurden lange Zeit für echt gehalten. Ich verdiente eine hübsche Summe daran. Dann verriet uns ein Neidhammel, und wir wurden verhaftet. Der Meister, der ein angesehener Bürger war, konnte sich freikaufen. Ich wurde wieder verurteilt, diesmal zu fünfzehn Jahren Steinbruch."

„Dem du wieder entkamst", warf der Berggeist ein.

„Ja", antwortete der Spitzbub. „Diesmal leider erst nach zwei Jahren. Und weil ich von etwas leben mußte, wurde ich Wunderdoktor. Ich bot auf Jahrmärkten gelb, rot, grün und blau gefärbtes Honigwasser als Heil- und Zaubertränklein an. Und weil die Leute alles glauben, was ihnen laut genug vorgeplärrt wird, kauften sie. Viele versicherten, daß meine Wundermedizin sie geheilt oder ihnen neue Kraft gegeben habe."

„Eingebildete Kranke", brummte Rübezahl.

„Sicher", gab der Schwindler zu. „Immerhin habe ich ihnen geholfen. „Manches Eheweib wurde netter zum Ehemann, mancher Ehemann netter zu seinem Weib."

„Wie lange hast du das getrieben?" fragte Rübezahl streng.

„Mehrere Jahre lang, hoher Herr", antwortete der Gefangene.

„Hast du viel damit verdient?" knurrte der Berggeist.

Der Gefangene nickte.

„Warum dann der Überfall auf meinem Gebiet?" fuhr ihn Rübezahl an.

„Ein - ein Räuber hatte mir mein gesamtes Geld gestohlen", stotterte der Krauskopf.

„Das lügst du!" donnerte der Berggeist. „Meine Fledermäuse berichteten mir, daß du alles im Spiel verloren hast!"

Der Gefangene ließ den Kopf hängen. „Wenn Ihr es schon erfahren habt, werdet Ihr auch begreifen, daß ich nur aus Verzweiflung den Berggeist gespielt habe. Mit dem Geld der

Gräfin hätte ich eine Zeitlang leben können.“ Er fiel auf die Knie. „Großmächtiger Herr des Gebirges, erbarmt Euch meiner Not“, bettelte er. „Ich verspreche...“

Rübezahl unterbrach ihn. „Schweig, Schurke! Verschwinde und lauf, so schnell dich deine Füße tragen! Ich will dich nie mehr sehen!“

„Da-da-danke“, stammelte der Sünder und rannte aus Rübezahls Schloß. Das dröhnende Lachen des Berggeistes folgte ihm. Der Krauskopf lachte auch. „Du bist ein Narr, Rübezahl“, murmelte er vor sich hin. „Ein Dummkopf, der alles glaubt, was Angeber ihm vorschwindeln. Jetzt schließ' ich mich einer Bande an, da bin ich sicherer als allein.“

Nach einiger Zeit schien es ihm, als ob er nicht vorwärts käme. Zwar sah er das Schloß nicht mehr hinter sich, aber die Berge um ihn herum kamen weder näher, noch blieben sie zurück. Ihm war, als trete er auf der Stelle.

Schließlich wurde er so müde, daß er nicht weiterlaufen konnte. Er legte sich in den Schatten einer Eiche, um eine Weile auszuruhen. Sofort fielen ihm die Augen zu...

Als er erwachte, war es stockdunkel um ihn. Er wollte aufspringen, doch klirrende Ketten hielten ihn fest. Er merkte, daß er an eine Wand gefesselt war, und glaubte, wieder in Rübezahls Kerker zu liegen.

Entsetzen schüttelte ihn. Er erinnerte sich an die Drohung des Berggeistes: „Erzähl mir deine ungewöhnliche Geschichte. Dann werde ich entscheiden, ob ich dich gleich zertrete oder im Kerker dahinschmachten lasse!“

„Nein!“ rief der Gefangene. „Nein, nein, nein!!“ Nur allmählich beruhigte er sich; erstens, weil Schreien nichts nützte, zweitens, weil Rübezahl auch gesagt hatte: „Verschwinde und lauf, so schnell dich deine Füße tragen. Ich will dich nie mehr sehen!“

Doch wie war er in dieses Verlies gekommen?

Endlich dämmerte der Morgen, doch fiel nur wenig Licht durch ein schmutziges, vergittertes Fenster herein. Verwundert erkannte der Eingesperrte die Zelle, aus der er vor Tagen in die Berge geflohen war, um dort den Rübezahl zu spielen.

Hunger und Durst quälten ihn. Er rief nach dem Kerkermeister, doch erst nach langer Zeit spähte ein Auge durch das Guckloch in der Zellentür. Dann quietschte der Riegel, und die Tür wurde geöffnet.

Laternenlicht blendete. „Nanu, da ist ja der Ausreißer wieder", sagte der Kerkermeister.

„Bring mir zu trinken und etwas zu essen", bat der Gefesselte.

Der Kerkermeister schüttelte den Kopf. „Daß Gefangene fliehen, kommt immer wieder vor", meinte er, „aber daß einer freiwillig zurückkommt und sich auch noch ankettet, seh' ich das erste Mal. Jetzt werd' ich dich besser im Auge behalten."

„Wasser!" stöhnte der Gefangene. „Bitte Wasser und ein Stück Brot."

Der Kerkermeister erbarmte sich und brachte zu essen und zu trinken. Dann wollte er aber wissen, wie der Krauskopf in den Kerker zurückgekommen war und sich angekettet hatte.

Der Spitzbub war gestärkt und schon wieder frech. „Zu bestimmten Zeiten habe ich die Kraft, mich jeder Fessel zu entledigen", schwindelte er. „Dann kann ich durch verschlossene Türen hinaus - und hineingehen."...

Mit dieser Kraft, die ihn Ketten sprengen und durch geschlossene Türen verschwinden lasse, prahlte er dann auch vor Gericht.

Der Richter verurteilte ihn zu lebenslänglicher Zwangsarbeit unter Sonderbewachung, und augenzwinkernd fügte er hinzu: „Sollte es dem Verurteilten gelingen, sich mit seiner Zauberkraft zu befreien, soll er frei bleiben."...

Das gelang dem Spitzbuben nicht.

Und sooft er ins Grübeln kam, verwünschte er den Berggeist und dessen Rache.

*

Ohne weitere aufregende Abenteuer kamen Gräfin Cäcilie, ihre Töchter, die Zofe, der Diener Johann und der Kutscher nach Karlsbad. Schon am nächsten Morgen ließ die Gräfin den Badearzt ins Hotel rufen, um mit ihm über ihren Gesundheitszustand und die Heilkur zu sprechen.

Wie staunte sie, als er ins Zimmer trat. „Doktor Springsfeld!" rief sie überrascht. „Daß ich S i e hier treffen würde, hätte ich nie gedacht! Ich vermutete Sie noch im Schloß des Herrn von Riesental. Wie schafften Sie es, vor mir in Karlsbad zu sein?"

„Verzeihung, Gnädigste", sagte der Doktor, „hier liegt ein Mißverständnis vor. Ich habe Sie vorher nie gesehen, und einen Herrn von Riesental kenne ich nicht."

„Sie scherzen, Doktor", widersprach die Gräfin. „Oder wollen Sie auch leugnen, daß Sie mich, meine Töchter und unsere Zofe zur Ader gelassen haben?"

Doktor Springsfeld zuckte die Achseln. „Verzeihung", sagte er, „anscheinend verwechseln Sie mich mit jemandem, der mir ähnlich sieht."

Gräfin Cäcilie rief ihre Töchter und die Zofe. Auch sie erkannten Doktor Springsfeld sofort als den Arzt, der sie im Schloß des Herrn von Riesental mit dem Schnepper geschröpft hatte. „Mein Bein schmerzt immer noch", sagte das eine Fräulein vorwurfsvoll. „Mein Bein auch", sagte die Schwester. „Ich werde einige Tage nicht tanzen können." Die Zofe sagte nichts, aber sie nickte heftig.

Der Kurarzt blieb bei seiner Behauptung, die Herrschaften heute zum ersten Mal zu sehen und im Schloß des Herrn von Riesental nie gewesen zu sein.

Die Damen glaubten ihm nicht, und der Doktor widersprach nicht länger. Er hielt die Gräfin, ihre Töchter und die Zofe für verwirrt und wunderte sich nur, daß alle vier die gleichen Halluzinationen hatten. Fürs erste verordnete er leichte Abführmittel, für jeden Tag ein Heilbad und zwei Becher Thermalwasser.

Eine Zimmerfrau, die das Bad aufräumte, hatte die Besprechung mitgehört. Sie war nicht wie der Arzt zum Schweigen verpflichtet und erzählte die Geschichte von den verrückten Damen brühwarm weiter. Wie ein Lauffeuer breitete sich die pikante Nachricht unter den Kurgästen aus.

Die Gräfin, ihre Töchter und die Zofe begriffen nicht, weshalb Doktor Springsfeld seine Anwesenheit im Schloß des Herrn von Riesental verleugnete. „Er wird seine Gründe dafür haben", meinte die Gräfin nach langem Überlegen. „Vielleicht möchte er uns in den nächsten Tagen mit etwas Besonderem überraschen."

So schien es.

Bereits am dritten Abend wurden die Gräfin und ihre Töchter zum Empfang eines österreichischen Adeligen eingeladen. Wie staunten sie, als sie dort dieselbe Gesellschaft vorfanden, mit der sie im Schloß des Herrn von Riesental zusammen gewesen waren! Sie erkannten den böhmischen Grafen wieder, der neben Gräfin Cäcilie am Tisch gesessen war; den beleibten Domherrn, der Geschichten über Rübezahl erzählt hatte; und den Professor, der behauptet hatte, daß es den Berggeist tatsächlich gebe. Nur der Oberst von Riesental fehlte.

Gräfin Cäcilie mußte ihr Abenteuer erzählen. Sie tat es gerne und spottete über den Glauben an Geister, die es nur in der Phantasie gebe.

Die Damen und Herren widersprachen ihr nicht. Nach dem, was sie über „die Verwirrten“ gehört hatten, wollten sie diese Bedauernswerten nicht aufregen. Gräfin Cäcilie wartete darauf, daß der Oberst von Riesental plötzlich auftauchen werde, um alles zu erklären.

Er kam nicht.

In den folgenden Tagen wurden die Gräfin und ihre Damen sehr freundlich behandelt und verstohlen bedauert.

Das Rätsel der vielen Doppelgänger blieb ungelöst...

Nach der Badekur fuhren die Damen erfrischt nach Breslau zurück. Die beiden Fräulein hatten nette Bekanntschaften gemacht und ausgiebig getanzt. Nur zu Schwiegersöhnen hatte es nicht gereicht. Welcher junge Herr hätte schon einem Fräulein, das nicht richtig im Kopf war, einen Heiratsantrag machen sollen?

Auf der Rückreise wollte Gräfin Cäcilie den Herrn von Riesental wieder besuchen, wie sie es versprochen hatte. Sie brannte darauf, über die doppelte Gesellschaft aufgeklärt zu werden. Das würde der Oberst sicher tun.

Doch wo stand das Schloß des Herrn von Riesental? Sie suchten und suchten und fanden es nicht. Sie fragten Leute aus der Gegend, doch alle zuckten die Achseln. Einen Oberst von Riesental und sein Schloß kannte niemand.

„Ob uns nicht der Berggeist einen Streich gespielt hat?“ meinte die Zofe. Gräfin Cäcilie winkte ab. „Es gibt keine Geister“, sagte sie unwillig, „auch wenn manches geisterhaft aussieht.“

Da flatterte - obwohl kein Wind wehte - ein Blatt Papier durch das offene Fenster in die Kutsche und fiel vor der Gräfin zu Boden. Die Zofe hob es auf und reichte es der Herrin.

In markiger Schrift stand da geschrieben:
„Verehrte Gräfin,
verzeihen Sie den Scherz mit den beiden Gesellschaften. Da Sie nicht an Geister glaubten, wollte ich Ihnen auf diese Art meine Existenz beweisen. Der Oberst von Riesental, der Sie und Ihre Begleitung von dem kopflosen Räuber befreite und Ihnen in seinem Schloß mit verwandelten Fledermäusen die Karlsbader Gesellschaft vorgaukelte, war und ist der Berggeist des Riesengebirges."

*

Ein Jahr später verlobten sich die Töchter der Gräfin mit netten jungen Herren aus angesehenen Familien.

„Sicher hat auch da der Rübezahl die Hand im Spiel", meinte der Diener Johann.

Gräfin Cäcilie widersprach ihm nicht.

Der rote Graf

Die folgende Geschichte soll sich fünf oder sechs Jahre nach dem Abenteuer der Gräfin Cäcilie zugetragen haben. Der Ritt auf dem Ziegenbock, von dem darin erzählt wird, ist auf einem großen Wandbild im Hotel „Riesengebirge" in Neuhof an der Zenn (in der Nähe von Nürnberg) zu sehen.

*

Mit großer Strenge hatten die kaiserlichen und königlichen Verwalter im böhmischen und schlesischen Riesengebirge für Ruhe und Ordnung gesorgt. Räuberbanden gab es kaum noch. Diebe zogen sich dorthin zurück, wo die Galgen nicht so dicht beisammen standen.

Handwerker und Bauern atmeten auf, weil das, was sie schafften, nicht länger von Gesindel und Mordbrennern geraubt oder zerstört wurde.

Der Krieg lag weit zurück. Kein Kanonendonner raubte den Schlaf.

Darüber freute sich auch Rübezahl, dessen unterirdisches Reich nicht länger unter den Einschlägen krepierender Granaten erzitterte.

Als die Ruhe auf der Erde andauerte, packte den Berggeist die Neugierde. Er wollte sehen, was die Menschen mit dem Frieden anfingen. Also verwandelte er sich wieder einmal in einen Raben, flog auf die Erde hinauf und sah sich um.

„Fabelhaft", krächzte er, als er ein im Krieg zerstörtes Dorf sah. Er erkannte es kaum wieder. Es war schöner aufgebaut, als es vorher gewesen war. Mit Vergnügen hörte er einen pflügenden Bauer singen. An einem Dorfbrunnen scherzten und lachten Frauen und Mädchen.

Sie sind glücklich, dachte der Berggeist und freute sich mit ihnen.

Leider nur kurze Zeit. Aus dem geöffneten Fenster eines Hauses hörte er Geschrei

„Du Betrüger!“ schimpfte ein Mann. „Du Haderlump!“

„Das - das ist eine Beleidigung!“ kreischte ein anderer Mann mit hoher Stimme. „Ich habe niemals niemanden betrogen, du - du Analphabet!“

„Was?!“ brüllte der erste. „Was soll das heißen?!“

„Weiß ich doch nicht“, piepste der andere schrill. „Der Schulmeister hat es zu meinem Neffen gesagt, und der Schulmeister hat eine Menge Schimpfwörter beim Militär gelernt!“

Der Streit wurde heftiger, die gegenseitigen Beleidigungen überschlugen sich. Dann wurde es plötzlich still.

Der Rabe Rübezahl lauerte gespannt.

Aus dem Haus stapfte ein muskulöser Mann ins Freie. Hinter ihm erschien eine Frau in der Tür und kreischte: „Zu Hilfe, Leut'! Zu Hilfe! Der Dobler hat meinen Emil erschlagen!“

Männer, Frauen und Kinder liefen heran und drängten ins Haus. Rübezahl hörte eine Frau sagen: „Wenn der Dobler den Zwirbelbein erschlagen hat, ist das keine schwere Sünd'. Der Schneider ist ein Lump, dem schon längst ein Denkzettel zusteht.“

Der Rabe Rübezahl flog vom Hausdach herunter und hörte sich im Dorf um, was andere Leute sagten. Da erfuhr er über den Schneider Zwirbelbein, dem der Dobler einen Denkzettel verpaßt hatte, nichts Gutes.

Der Schneider behielt von dem Stoff, den ihm seine Kunden brachten, eine Menge für sich. Dazu berechnete er viel zu hohen Arbeitslohn.

Warum er sich das leisten konnte?

Er war der einzige Schneidermeister weit und breit. Die Leute waren auf ihn angewiesen.

Rübezahl hatte genug gehört. Er flog zum Schneiderhaus zurück und stellte fest, daß Meister Zirbelbein nicht tot, sondern nur betäubt gewesen war. Jetzt verwünschte der zum Leben Erwachte den Dobler als gemeingefährlichen Totschläger und schwor, daß er ihm niemals nicht mehr eine Hose oder Jacke nähen werde.

Die Leute zerstreuten sich. Rübezahl hörte die meisten sagen, der Dobler hätte fester zuhauen sollen. Nur wenige bedauerten den Zwirbelbein.

Der Berggeist beschloß, den Schneider auf die Probe zu stellen. Er verwandelte sich in einen vornehmen Herrn in prächtigen Kleidern und quartierte sich im Gasthof des Dorfes als „Graf von Riesental“ ein. Die Leute nannten ihn bald den „roten Grafen“, weil er feuerrote Haupt- und Barthaare hatte.

Am dritten Tag ließ er den Schneider kommen, zeigte ihm einen Ballen Tuch von grellroter Farbe und fragte: „Kann Er mir eine modische Jacke daraus nähen?“

Der Schneider machte große Augen. Der Stoff war kostbar und hätte für drei Jacken gereicht. Meister Zwirbelbein überschlug seinen Gewinn und atmete tief.

„Nun?“ drängte Rübezahl.

„Se-selbstverständlich, gräfliche Gnaden“, stotterte der Schneider. „Ich - ich werde Euch die schönste rote Jacke nähen, die je ein Graf getragen hat.“

„Beeil Er sich“, sagte Rübezahl. „Übermorgen muß sie fertig sein.“

„Zu Befehl, gräfliche Gnaden“, dienerte Meister Zwirbelbein und nahm Maß...

Am übernächsten Tag war die Jacke fertig. Der Berggeist

zeigte sich zufrieden. „Ist Stoff übrig geblieben?“ fragte er.

Meister Zwirbelbein bedauerte. „Leider nein, gräfliche Gnaden. Für dieses Kunstwerk habe ich mehr Stoff verbraucht als für eine gewöhnliche Jacke.“

Rübezahl erkundigte sich nach dem Preis.

Der Schneider nannte ihn.

„Sehr hoch“, sagte der Berggeist. „übermäßig hoch.“

„Nicht doch, gräfliche Gnaden“, widersprach der Schneider. „Um dieses Meisterstück anzufertigen, brauchte ich dreimal soviel Zeit wie für einen guten Bratenrock.“

Rübezahl bezahlte und verschwand aus dem Ort.

Meister Zwirbelbein rieb sich die Hände. „Die Hälfte des teuren Stoffes hab' ich für uns abgeschnitten“, sagte er zu seiner Frau. „Und der gräfliche Schwachkopf hat mir den dreifachen Preis bezahlt.“

Dann lachten beide über den dummen Grafen, den der pfiffige Meister so gewaltig übers Ohr gehauen hatte.

*

Einige Tage später geriet das ganze Dorf in Aufruhr. Ein Bauer kam von seinem Feld hereingerannt und schrie: „Der rote Graf reitet auf einem riesigen Ziegenbock zu uns!“

Die Leute liefen zusammen, und da war der Rote schon. Der Ziegenbock schien zu fliegen, seine Hufe berührten kaum den Boden. Der Graf machte ein so grimmiges Gesicht, daß die Leute zurückwichen.

Auch Meister Zwirbelbein war unter den Gaffern. Als der Reiter näherkam, wollte der Schneider in seinem Haus verschwinden. Da packte ihn Rübezahl auch schon am Genick und riß ihn vor sich auf den Bock hinauf. „Hüü!“ rief er und schwang die Peitsche.

Die Leute schrien auf. Wie ein gewaltiger Vogel erhob sich das Tier in die Luft und flog mit den Reitern dem Gebirge zu. Verzweifelt winselte der Schneider um Gnade. Je mehr er schrie, desto stärker trieb Rübezahl den Ziegenbock an. „Du hast mich, den Herrn des Riesengebirges, bestohlen und betrogen!" grollte er mit Donnerstimme.

Der Schneider rutschte ab und wäre in die Tiefe gestürzt, wenn er sich nicht im letzten Augenblick im Bauchfell des Gespensterbocks verkrallt hätte.

Der rasende Ritt ging über das ganze Gebirge. Sooft Rübezahl den Ziegenbock tiefer fliegen ließ, wurde der Schneider von Baumwipfeln arg gepeitscht.

Mehr tot als lebendig ließ ihn der Berggeist in einen Heuhaufen plumpsen und verschwand.

*

Wie durch ein Wunder erholte sich Meister Zwirbelbein in kürzester Zeit.

Er wurde ehrlich und betrog niemanden mehr. Da bekam er so viele Kunden von weit und breit her, daß er zuerst zwei, dann vier Gesellen einstellen mußte.

Und manchmal, wenn es niemand hörte, flüsterte er: „Danke schön, Rübezahl."

Flöhe

Eine neuere Rübezahlgeschichte (vermutlich slawischen Ursprungs) hörte ich in einer tschechisch-deutschen Familie. Sie beginnt mit Tatsachen und endet „sagenhaft“.

*

Tatsache ist, daß zwischen 1798 und 1800 ein Komödiant im böhmischen und preußischen Schlesien verblüffende Kunststücke zeigte. Auf Jahrmärkten zauberte er Blumensträuße aus seinen Ärmeln und Karnickel aus seinem Zylinderhut. Er ließ Hühnereier verschwinden und holte sie aus den Nasen der Zuschauer zurück. Er schluckte Feuer und spie es als mächtige Flamme wieder aus. Er zeigte Kartenkunststücke, verwandelte klares Wasser in Rotwein und stieß sich einen Degen durch die Brust, daß die Spitze im Rücken heraustrat. Dann zog er die Waffe aus dem Körper, ohne daß er verwundet war. Und so weiter und so fort.

Er nannte sich Rübezahl. Wenn ihn jemand fragte, ob er der Berggeist des Riesengebirges sei, sagte er weder ja noch nein. Er zuckte nur die Achseln und lächelte geheimnisvoll.

So weit die Wirklichkeit.

*

Die Sage erzählt weiter:

Als der Berggeist des Riesengebirges hörte, daß ein Marktschreier unter dem Spottnamen Rübezahl auftrat und den Leuten falschen Zauber vorgaukelte, wurde er wütend. „Dem Kerl zahl’ ich’s heim“, knurrte er, verwandelte sich in einen Raben und beobachtete den Komödianten, wie der auf dem Markt in Jablonetz seine Künste zeigte. Der Unverschämte stand auf einem Podium und erlaubte sich die größte Frechheit, die der Berggeist je erlebt hatte.

Das kam so:

Nach einem besonders raffinierten Zaubertrick rief ein Zuschauer: „He, Rübezahl, bist du wirklich der Berggeist? Sag es uns endlich!“

„Jaaa!!“ drängten die anderen.

„Also gut“, antwortete der Komödiant. „Der Berggeist bin ich nicht.“

„Ooooh“, murmelten die Gaffer enttäuscht. Der Rabe Rübezahl war halb versöhnt.

Da fuhr der Marktschreier fort: „Ich heiße Wenzel Jablonski und habe den Namen Rübezahl angenommen, weil er überall bekannt ist und besser als Jablonski klingt. Doch ich beweise mit jeder Vorstellung, daß ich viel mehr kann als der Berggeist und hundertmal besser bin als er! Oder hat ihn schon jemand so zaubern sehen, wie ich es tu'?“

Die Zuschauer schüttelten die Köpfe. Der Rabe auf dem nächsten Hausdach krächzte empört.

„Der echte Rübezahl könnte mein Lehrbub sein!“ prahlte der Komödiant.

Einige Leute klatschten ihm Beifall, und einer rief: „Mach weiter, Rübezahl!“

„Mach weiter!“ schrien die anderen.

Diesmal zauberte der Komödiant nicht nur ein Karnickel, sondern gleich zwei aus seinem Zylinder, und die Zuschauer klatschten begeistert.

Als der Zauberkünstler dann Geld einsammelte, warf mancher mehr kleine Münzen oder eine größere als sonst in die Schale des Meisters.

Der Rabe Rübezahl hatte genug gehört und gesehen. Er flog in den Wald zurück. Dort überlegte er, welchen Denkzettel er dem Prahlhans verpassen sollte.

„Er soll sein Leben lang daran denken“, sagte er schon nach kurzer Zeit, „und seine Bewunderer sollen sich kratzen, wie sie sich noch nie gekratzt haben.“ Dann lachte er dröhnend, daß es wie Donner von den Bergen in die Täler rollte.

Am folgenden Sonntag war es soweit. Der Komödiant sollte nach der Nachmittagsandacht auf dem Rochlitzer Marktplatz auftreten. Es gab besonders viel Publikum. Fast alle Leute, die aus der Kirche kamen, wollten den berühmten Rübezahl zaubern sehen.

Diesmal verspätete sich der Zauberer etwas. Als er dann auf sein Podium stieg, entschuldigte er sich mit den Worten: „Liebe Leut', da war einer, der sich für mich ausgab und mich nicht zu euch durchlassen wollte. Ich beruhigte ihn, und jetzt schläft er.“

Das stimmte. Der echte Rübezahl, denn er war es, der zu den Rochlitzern sprach, hatte den falschen einschlafen lassen. Der lag hinter dem Podium unter der Plane seines Einspänners, mit dem er von Ort zu Ort fuhr, und schnarchte.

Der echte Rübezahl hatte die Gestalt des falschen angenommen und redete wie dieser.

Zunächst spielte er den Leuten die Tricks des anderen vor, dann eigene Erfindungen, die den Zuschauern den Atem raubten. So viel Beifall hatte der Komödiant vorher nie bekommen.

Der Knüller folgte zum Schluß.

Rübezahl rief:

„Nun, liebe Leut',
das Tollste für heut'!
Ganz herzlich ich bitt':
Macht alle mit!“

„Jaaa!“ riefen die Zuschauer und reckten die Hälse.

Rübezahl nahm seinen Zylinderhut vom Kopf, griff mit der freien Hand in die Luft und fragte:

„Wollt ihr fangen, liebe Leut',
was ich jetzt - und das nur heut' -
aus der Luft euch hol' im Nu
und in den Zylinder tu'?!"

„Jaaa!" rief das Publikum.

„Mach schon, Rübezahl!" drängte eine Frau.

Der verwandelte Berggeist ärgerte sich über den Spottnamen, aber er ließ es sich nicht anmerken. Lächelnd schüttete er aus der linken Faust Unsichtbares in den Zylinderhut, rief „Abrakadabra!" und warf den Inhalt des Zylinders gegen die Zuschauer.

Eine dunkle Wolke quoll aus dem Hut, breitete sich mit Windeseile aus, bis sie den Marktplatz überzog, und senkte sich auf die Leute nieder.

„Flöhe!" schrien die ersten entsetzt und kratzten sich.

Der Schreckensruf wurde zum Gebrüll. Bald kratzte sich jeder, und alle wollten davonlaufen. Es gab wüstes Gedränge, setzte Stöße und Hiebe. Manch ehrsamer Bürger rief Worte, die er sonst nie ausgesprochen hätte.

Immer stärker bissen die Blutsauger, immer heftiger drängten die Leute aus der Flohwolke hinaus. Keiner sah mehr zum Podium hin.

Das nutzte der Berggeist aus. Im Handumdrehen weckte er den falschen Rübezahl, holte ihn aus dem Wagen und stieß ihn auf das Podium. Das war flohfrei.

„So, du Stümper", zischte er den Erschrockenen an, „da sieh, was ich gezaubert habe! Jetzt sag noch einmal, daß ich, der Herr des Riesengebirges, dein Lehrbub sein könnte!" Dazu beutelte er den Angeber, daß diesem Hören und Sehen vergingen.

Und weil sich Rübezahl unsichtbar gemacht hatte, sah es aus, als zappelte der Komödiant wie eine durchgeschüttelte Puppe in der Luft herum.

Plötzlich lösten sich die Flöhe in Luft auf, nur ihre Bisse juckten weiter.

Einige Leute wandten sich um und wunderten sich über den zappelnden Komödianten, der genauso aussah wie der vorher in ihn verwandelte und jetzt unsichtbare Berggeist. Sie schrien wütend auf.

„Gnade, mächtiger Rübe...“, winselte der Marktschreier. Weiter kam er nicht. „Sag nie mehr den verdammten Spottnamen, wenn ich dir nicht die Nase ins Genick drehen soll!“ fauchte der unsichtbare Berggeist.

„Ni-nie mehr!“ stammelte der Komödiant.

Rübezahl stellte ihn grob auf die Bretter.

Unter heftigem Kratzen schoben sich die ersten Leute auf das Podium zu.

„Sie denken, daß ich die Flöhe losgelassen habe!“ jammerte der Komödiant. „Jetzt wollen sie mir an den Kragen. Hilf mir, Herr des Riesengebirges - bitte!“

„Warum sollte ich dir helfen?“ knurrte Rübezahl.

Drei bärenstarke Männer waren gefährlich nahe gekommen.

„Bitte!“ flehte der Bedrohte.

„Ich weiß zwar nicht warum, aber jetzt erbarmst du mich“, brummte der Berggeist. „Verschwinde!“

Die bärenstarken Männer taumelten zurück. Vor ihren Augen war plötzlich rabenschwarze Finsternis, in ihren Ohren dumpfes Dröhnen.

Der Komödiant sprang in seinen Wagen, trieb das Pferd an und verschwand auf Nimmerwiedersehen.

Noch lange schimpften die Rochlitzer hinter ihm her, am

lautesten die drei Männer, nachdem sie wieder sehen und hören konnten.

Die Flohbisse, erzählt die Sage weiter, hätten schon am folgenden Morgen nicht mehr gejuckt.

Von Wenzel Jablonski heißt es, daß er die Zauberei an den Nagel gehängt und eine verwitwete Bäuerin geheiratet habe. Er sei ein Bauer geworden, der tüchtig mit zupacken mußte. Sein resolutes Eheweib habe sich von ihm nichts vorzaubern lassen.

Bauchweh

Im Juli 1800 wurde zur Feier der neuen Epoche im Hirschberger Theater die mit viel Vorschußlorbeeren angekündigte Oper „Rübezahl“ uraufgeführt.

Daß wir davon wissen, verdanken wir Mister John Adams. Der weilte damals als amerikanischer Gesandter am Berliner Hof. Im Gegensatz zu vielen anderen Diplomaten liebte er die Kunst, vor allem Opern und Schauspiele.

Als er von der Hirschberger Premiere hörte, sagte er zu seinem Sekretär: „Well, das muß ich sehen.“

Der Sekretär hörte sich um und erfuhr, daß Damen und Herren der Hofgesellschaft ebenfalls nach Hirschberg reisen wollten. Sie nahmen Mister Adams und dessen Begleiter bereitwillig mit. Eine preußische Hofdame flüsterte ihrem Gatten zu: „Amerikaner sind gut fürs Prestige.“

In seinem Tagebuch schreibt Mister Adams, was er vorher über den Berggeist des Riesengebirges gehört hatte: daß dieser ein mächtiger Zauberer sei, der sich in einen Riesen, in Tiere und sogar in ein Strohbüschel verwandeln könne. Er könne Gewitter, Hagel- und Schneeschauer herbeizaubern und hexe Menschen, die ihn mit dem Spottnamen Rübezahl beleidigen, Eselsohren, Ochsenhörner und lange Nasen an.

Kein Wunder, daß der Mister aus Amerika auf Hirschberg gespannt war.

Über die Aufführung schreibt er dann, daß ihn die Oper Rübezahl enttäuscht habe. Der Bühnengeist sei kein mächtiger Zauberer gewesen, sondern ein zerknitterter Märchenprinz. Auch die Darsteller um ihn herum hätten nichts Mystisches an sich gehabt.

Der Sekretär des Gesandten urteilte nach der Vorstellung in

echt amerikanischer Offenheit: „Es war zum Bauchweh kriegen.“

Ein festlich gekleideter Herr, der es mitgehört hatte, soll ernsthaft mit dem Kopf genickt und vor sich hingesagt haben: „Das ist ein guter Vorschlag.“ Dazu habe er mit den Fingern geschnippt.

Hier ist der Übergang zur Sage:

Ob der Fingerschnipper der Berggeist war, der sich über die Rübezahloper genauso ärgerte wie Mister Adams und andere Gäste auch?

Schon in der folgenden Nacht, heißt es, hätten die Schauspieler, die Musiker, der Theaterdirektor und die Autoren keine Ruhe gefunden. Am Morgen seien sie müde und wie zerschlagen gewesen und hätten käsige Gesichter gehabt.

Während der nächsten Vorstellungen habe es immer wieder Pausen gegeben, die in der Premiere nicht gewesen waren. Nach der fünften Vorstellung mußte das Stück abgesetzt werden.

Ein hämischer Kritiker schrieb, daß die Oper Rübezahl ein dauernder Durchfall gewesen sei.

Was - der Sage nach - buchstäblich richtig war.

Der Mann ohne Schatten

Von da an wurde es ruhig um Rübezahl. Er schien sein Interesse am Treiben der Menschen verloren zu haben.

Oder war es ihm zuwider?

Verständlich wäre es.

Krieg folgte auf Krieg. Von Mal zu Mal wurden die Vernichtungswaffen moderner, die Zahl der Opfer stieg.

Da waren die Napoleonischen Kriege, die 1806 mit Napoleons Angriff auf Preußen begannen und 1815 mit den Befreiungskämpfen endeten.

1866 gab es wieder Krieg zwischen Preußen und Österreich, 1870/71 folgte der Deutsch-Französische Krieg.

Von 1914 bis 1918 tobte der Erste Weltkrieg, von 1939 bis 1945 der Zweite, der alles bisher Geschehene an Unmenschlichkeit weit übertraf.

Immer waren unter den Opfern auch Leute aus dem Riesengebirge: als verwundete und gefallene Soldaten und - vor allem im und nach dem Zweiten Weltkrieg - auch Frauen, Kinder und alte Menschen, von denen viele das Leben und die meisten Überlebenden dann die Heimat verloren.

Wollte Rübezahl nicht helfen?

Oder konnte er nicht, weil die feuerspeienden Panzer und die fliegenden Bomber stärker waren als er?

Oder ist er nur ein Hirngespinst?

*

1944.

An einem verregneten Herbstabend saßen fünf alte Männer in einer Gaststube in Aupa zusammen. Sie tranken Dünnbier und qualmten Tabak Marke Eigenbau. Die Gaststube war verräuchert.

Die Alten redeten von allem möglichen und kamen auch auf Rübezahl zu sprechen. „Wenn's ihn gibt, sollt' er dem Krieg ein End' machen", brummelte einer.

Da mischte sich ein Fremder ein. Er saß allein am Nebentisch und trank ebenfalls Dünnbier. „Warum sollte der Berggeist eingreifen?" fragte er.

Die Alten sahen ihn groß an.

Bevor sie etwas sagen konnten, fuhr der Fremde fort: „Der Berggeist hat noch keinen Krieg angezettelt, er ist nicht schuld an eurem Elend. Die Schuld tragt ihr Menschen allein. Und müßt ihr letzthin nicht alle sterben? Warum rottet ihr einander vorzeitig aus?"

Die Alten brauchten eine Weile, bis sie den Vorwurf begriffen.

Endlich fragte einer: „Wieso sagen Sie 'i h r Menschen?' Sind Sie vielleicht k e i n Mensch?"

Statt einer Antwort legte der Fremde eine Banknote auf den Tisch, stand auf und ging.

Da rief der Älteste aufgeregt: „Habt ihr's geseh'n? Er wirft keinen Schatten!"

„Du spinnst", spottete ein anderer. „Oder kriegst du schon vom Dünnbier einen Rausch?"

Die anderen lachten.

Der Verspottete schüttelte den Kopf. „Was ich geseh'n hab', hab' ich geseh'n", trotzte er, bezahlte seine Zeche und ging ebenfalls.

*

Von den fünf alten Männern war er der einzige, der das Kriegsende und das Jahr danach überlebte. Im Alter von 98 Jahren starb er im Herbst 1947 in einem Dorf bei Leipzig.

„Bis zum letzten Tag behauptete er, den Berggeist Rübezahl leibhaftig gesehen zu haben“, erzählt sein Urenkel, der jetzt in München lebt.

Jedesmal, wenn er auf den Mann ohne Schatten zu sprechen kommt, zwinkert er mit den Augen, als ob er den Verstorbenen entschuldigen müsse.

Warum eigentlich?

Glauben wir nicht viel Unwahrscheinlicheres?